मनोज सिंह

1 सितम्बर, 1964 को आगरा (उ.प्र.) में जन्मे मनोज सिंह ने बी.ई. (इलेक्ट्रॉनिक्स) व एम.बी.ए. (मानव संसाधन विकास) की पढ़ाई की है।

आपकी प्रकाशित पुस्तकें हैं— *चन्द्रिकोत्सव* (खंड काव्य); *बंधन, कशमकश, हॉस्टल के पन्नों से* (उपन्यास); *व्यक्तित्व का प्रभाव, चिन्ता नहीं चिन्तन* (लेखों का संकलन); *मेरी पहचान* (कहानी-संग्रह)।

आप कई पत्र-पत्रिकाओं एवं www.manojsingh.com के लिए नियमित लेखन करते रहे हैं। आपने कई पत्रिकाओं के विशेषांकों का सम्पादन भी किया है।

'चन्द्रिकोत्सव' पर आधारित नृत्यनाटिका का दूरदर्शन पर प्रसारण हो चुका है। आपकी प्रकाशित पुस्तकों पर विभिन्न विश्वविद्यालयों में लघु शोध-कार्य हो चुके हैं। 'बंधन' उपन्यास का अनुवाद पंजाबी, बांग्ला, तमिल, अंग्रेजी भाषा में प्रकाशित हो चुका है। उपन्यास 'तीसरी पारी' और यात्रा-वृत्तान्त 'दुबई : एक मानवीय चमत्कार' शीघ्र प्रकाश्य।

सम्पर्क : 358, सेक्टर 30-ए, चंडीगढ़।
manoj@manojsingh.com

स्वर्ग यात्रा

एक लोक से दूसरे लोक

मनोज सिंह

राधाकृष्ण पेपरबैक्स

राधाकृष्ण पेपरबैक्स में
पहला संस्करण : 2015
दूसरा संस्करण : 2017

राधाकृष्ण पेपरबैक्स : उत्कृष्ट साहित्य के जनसुलभ संस्करण

राधाकृष्ण प्रकाशन प्राइवेट लिमिटेड
7/31, अंसारी मार्ग, दरियागंज
नई दिल्ली–110 002
द्वारा प्रकाशित

शाखाएँ : अशोक राजपथ, साइंस कॉलेज के सामने, पटना–800 006
पहली मंजिल, दरबारी बिल्डिंग, महात्मा गांधी मार्ग, इलाहाबाद–211 001
36 ए, शेक्सपियर सरणी, कोलकाता–700 017

वेबसाइट : www.radhakrishanprakashan.com
ई–मेल : info@radhakrishanprakashan.com

बी.के. ऑफसेट
नवीन शाहदरा, दिल्ली–110 032
द्वारा मुद्रित

मूल्य : ₹ 150

SWARG YATRA (Ek Lok Se Doosare Lok)
by Manoj Singh

ISBN : 978-81-8361-793-2

मरने के बाद का तो पता नहीं,
जीते-जी स्वर्ग की यात्रा कर आया...

हिमालय महान को समर्पित

पृष्ठभूमि

यात्रा शब्द सुनते ही रोचकता के साथ रोमांच की भावना उत्पन्न होती है। कुछेक यात्रा पर जाने के लिए सदैव तत्पर रहते हैं तो अधिकांश इससे बचते हैं। जमीन पर चलने वाले आदिमानव ने सबसे पहले नदी व पहाड़ पार किया फिर समुद्री यात्रा शुरू की और फिर हवाई यात्रा। अब तो अन्तरिक्ष यात्रा की भी पूरी सम्भावना बन रही है। मगर हमारी सभ्यता-संस्कृति में मन के भीतर की यात्रा भी है। आत्मा से परमात्मा के मिलने की यात्रा। आदिकाल से अब तक, यात्राओं के कारण और उद्देश्य भिन्न-भिन्न होते रहे हैं। जैसे कि, जिज्ञासा व उत्सुकता के साथ-साथ भोजन की तलाश, सुरक्षा की दृष्टि से पलायन, व्यवसाय व राज्य का विस्तार, प्रकृति-ऋतु से बचाव आदि-आदि। यह मनुष्य की अपनी प्रवृत्ति, सन्दर्भित समाज की सांस्कृतिक विरासत और परिवार की परम्परा पर भी निर्भर करता है।

पूर्वकाल में तीर्थ यात्रा से लेकर वर्तमान के पर्यटन का एक लम्बा-चौड़ा इतिहास चला आ रहा है। इनमें समय के साथ बदलाव होते रहे हैं। इसका विस्तार भी तेजी से हुआ। मगर इसमें भी एक निरन्तरता है। धर्म के अतिरिक्त, पारिवारिक, सामाजिक, राजनीतिक, आर्थिक, व्यावसायिक कारणों से की जानेवाली यात्रा तो हम सदियों से कर रहे हैं मगर इस दायरे के बाहर सिर्फ घूमना-फिरना व मौज-मस्ती, यह यकीनन आधुनिक युग की देन है। आजकल कुछ लोगों को शहरों की चकाचौंध और बड़े-बड़े मॉल्स में घूमने जाने का मन करता है तो कइयों को कई जगहों की नाइट लाइफ अपनी ओर ललचाती है। आज भी एक बड़ा वर्ग है जो दूर-पास बिखरे ऐतिहासिक भवनों, स्मारकों, यहाँ तक कि खँडहर और अवशेष की ओर आकर्षित होता है। मगर कुछेक ऐसे भी हैं जो भीड़-भाड़ से दूर एकान्तवास के लिए यात्रा करते हैं। फिर चाहे दो पल ही क्यों न मिल जाए। मोटर-कार के आने के बाद लांग-ड्राइव का प्रचलन आया है और एकल परिवार में सप्ताह में कम-से-कम एक बार शहर के आसपास घूमने-खाने-पीने का फैशन-सा बन गया है। हाँ, तथाकथित विकास के वर्तमान काल में, धार्मिक-सामाजिक-पारिवारिक कार्यक्रमों और रीति-रिवाजों के लिए सम्बन्धियों के घर में आना-जाना कुछ कम हुआ है।

ऐसा कह देना कि पूर्व में पुरुष तो गाँव-कबीले से बाहर निकलते रहते थे मगर महिलाएँ घर में ही कैद रहती थीं। कुछ हद तक सही प्रतीत होता है। इसको झुठलाने के कोई प्रमाण भी नहीं हैं। मगर यह इतिहास के प्रारम्भिक काल में भी सच होगा, शंका पैदा करता है। असल में समाज के विकास के साथ पुरुष का प्रभुत्व बढ़ा है जिसकी शिकार महिलाएँ होती रही हैं। युद्ध और गुलामी के दौरान, चूँकि आक्रमणकारियों की निगाहें खजानों के अतिरिक्त नारी-वर्ग पर अधिक रही हैं इसीलिए उनसे बचने की कोशिश में तरह-तरह के उपाय किए गए। इससे इतर, पश्चिम की तरह हिन्दुस्तान में भी नए शादीशुदा जोड़ों का, हनीमून के नाम पर घर से बाहर जाने का प्रचलन आया है। कहा जाता है कि वे अपना अन्तरंग पल, दुनिया से दूर, साथ-साथ बिताना चाहते हैं। मगर यहाँ एक बात बड़ी हास्यास्पद हो जाती है कि जब आपको अपना दिन-रात किसी चारदीवारी के भीतर ही बिताना है, और जो स्वाभाविक भी है, तो फिर वो कहीं भी हो सकता है। तो फिर ऐसे में घर ही क्यों नहीं ? तो क्या घरों में जगह नहीं ? मगर अगर यही कारण होता तो, छोटे नगरों से लेकर महानगरों में, अकेले रहने वाले जोड़े हनीमून पर नहीं जाते। असल में, रोजमर्रा की बोरियत से दूर होने के लिए, यात्राएँ की जाने लगीं। अन्त में कह सकते हैं कि देखते ही देखते यात्रा ने स्वयं कितनी लम्बी यात्रा कर ली है। इसी तरह सभ्यता, संस्कृति, कला, साहित्य, धर्म भी निरन्तर यात्रा कर रहे हैं। इन सबको अपने अन्दर समेटे जीवन भी तो यात्रा ही है। उधर, सम्पूर्ण ब्रह्मांड अनन्त यात्रा पर निकला हुआ है।

किसी भी यात्रा में सुरक्षा एक महत्त्वपूर्ण पक्ष है। आवश्यकतानुसार व्यवस्थाएँ अर्थात यात्राएँ आरामदायक न भी हों तो सुविधाजनक तो कम-से-कम होनी ही चाहिए। और अन्त में यात्री की जेब को सूट करनेवाली होनी चाहिए। हैरानी इस बात की है कि समाज में इतना सब बदलाव होने पर भी, आज भी, धार्मिक स्थल की यात्रा करनेवालों की संख्या ही सर्वाधिक है। सिर्फ हिन्दुस्तान में ही नहीं, बल्कि हर देश व संस्कृति में यही स्थिति है। अब इसे आस्था कहें या अन्ध-विश्वास, ये मनुष्य को पहाड़-जंगल से लेकर रेगिस्तान में भी ले जाता है। हमारे पूर्वज बड़े व्यवहारी और बुद्धिमान थे। उन्होंने महत्त्वपूर्ण धार्मिक स्थान, अमूमन ऐसी जगह स्थापित किए, जहाँ जा पाना सामान्यत: आसान नहीं। सरल शब्दों में सीधे-सीधे कहें तो आपकी आस्था और विश्वास की कठिन परीक्षा ली जाती रही है। तभी तो पर्वतों की दुर्गम चोटियों पर हिन्दू देवी-देवता निवास करते हैं। यात्रा जितनी कष्टप्रद होगी मंजिल पर पहुँचने पर आनन्द उतना ही अधिक होगा। वैसे, मंजिल अति महत्त्वपूर्ण हो तो यात्राओं की तमाम मुश्किलें महसूस ही नहीं होतीं। तीर्थयात्रा के दौरान ऐसे ही कुछ विचार मन में जागते और जगाए जाते हैं। लेकिन अगर यात्रा को ही मंजिल मान लिया जाए तो जीवन सफल, सुखमय, सन्तोषप्रद हो सकता है, आनन्द, उत्साह, उमंग और यौवन में डूबा। और वो भी निरन्तर।

पर्यटन को आज एक बेहतरीन व्यवसाय के रूप में स्थापित किए जाने से, अब शायद ही ऐसा कोई स्थान बचा हो जो आम लोगों की पहुँच से दूर हो। सभी स्थानों पर आजकल भीड़-भाड़ होती है। मगर इस भीड़ में भी हम अकेले हैं। यह दीगर बात है कि अकेलेपन में भी हम मस्त रह सकते हैं बशर्ते हम स्वयं के नजदीक रहें और प्रकृति से दूर न हों। सामान्यत: इस भीड़ से बाहर निकलने की कोशिश हर एक की रहती है। और कुछ नया देखने की इच्छा सदा बनी रहती है। यह प्रकृति में ही सम्भव है, जहाँ हर जगह-हर पल नया है। चूँकि हमारे जीवन से प्रकृति दूर है इसीलिए नयापन समाप्त हो रहा है। मैं इसी नवीनता की तलाश में सदा रहता हूँ।

प्रकृति में पर्वत मुझे विशेष रूप से आकर्षित करते हैं। और सौभाग्य से हिमालय हमारे पास है। फिर और क्या चाहिए। यह कश्मीर से अरुणाचल प्रदेश तक न जाने किस-किस नाम और रूप में फैला हुआ है। उत्तराखंड और पूर्वी हिमालय में स्थित कई दर्शनीय स्थल घूम आया हूँ। ये सभी विशिष्ट हैं। मध्य में स्थित हिमाचल प्रदेश में कुछ एक साल रहने का अवसर मिला था तो उस दौरान किन्नौर से लेकर लाहौल-स्पीति, रोहतांग पास की यात्रा कर चुका हूँ। ये क्षेत्र अपने आप में अनूठे हैं। हिमाचल अर्थात हिमालय की गोद, सुन्दर तो होगी ही! प्रकृति का सौन्दर्य व्यक्ति को दार्शनिक, तपस्वी, प्रेमी, और पता नहीं क्या-क्या बना सकता है। मैंने लिखना यहीं आकर अचानक शुरू किया था। अर्थात हिमालय की गोद में एक लेखक का जन्म हुआ। अगर हिमालय का आँचल इतना आकर्षक है तो शीर्ष कैसा होगा? यह सोचकर ही मैं रोमांचित हो जाता हूँ। यह मुझे प्रेरित करता है, अधिक से अधिक घूमने-देखने की इच्छा जाग्रत होती है। यहीं लद्दाख के बारे में बहुत कुछ सुनने को मिला था। कुछ ऐसे तथ्यों की जानकारी हुई कि उत्सुकतावश वहाँ जाने की इच्छा हुई थी। और जब यह पता चला कि लेह-लद्दाख, ठंड के मौसम में, साल में पाँच से छह महीने, आज भी पूरी शेष दुनिया से सड़क मार्ग से कटा रहता है, तो सुनकर और अधिक उत्साहित हुआ था। और फिर यह जानकर तो हैरानी हुई थी कि श्रीनगर से लेह का रास्ता चीन के साथ युद्ध के दौरान ही जल्दी में बनाया गया था। और फिर इस बात ने तो मुझे सोचने के लिए मजबूर कर दिया था कि यहाँ का वायुमार्ग सन् 1949 में, जल्दबाजी में, तब बनाया गया जब विभाजन के दौरान पाकिस्तान की सेनाएँ इस क्षेत्र में घुस आई थीं। अब इसे क्या कहेंगे? यह संयोग है या मात्र इतिहास का एक पन्ना। जो भी हो, यहाँ का विकास, हर बार, पड़ोसियों से युद्ध के कारण ही हुआ। सीधे शब्दों में कहें तो युद्ध जाने-अनजाने ही लद्दाख के विकास का मार्ग प्रशस्त करता चला गया। अर्थात विनाश से विकास! यह दीगर बात है कि मैं इस तथाकथित भौतिक विकास में भी कहीं न कहीं विनाश का प्रतिबिम्ब देखता हूँ। बहरहाल, जैसे-जैसे इस क्षेत्र के बारे में पढ़ने का मौका मिला और भी कई कारण बनने लगे और उत्सुकता बढ़ती चली गई।

लद्दाख वो क्षेत्र है जो आज भी दुर्गम है। आम भारतीय पर्यटक की कल्पना और चाहत से बाहर। मगर इस क्षेत्र में सदियों से विदेशी आ रहे हैं। खासकर यह जानकर अचम्भा होता है कि यूरोप के कई विद्वान यहाँ तब से आ रहे हैं जब यहाँ कोई भी साधन नहीं था। हिमालय तो सदियों से वैसा ही है मगर उन दिनों अधिक मुश्किलें पैदा करता होगा। हफ्तों-महीनों पैदल चलने के बाद यहाँ पहुँचा जाता था। कौतूहलता तब और बढ़ जाती है जब यह पता चलता है कि हजारों साल से यह पश्चिम एशिया से लेकर मध्य एशिया और आगे यारकंड व तिब्बत के बीच व्यापार का एक प्रमुख मार्ग रहा है। और इसे ट्रिटी रोड के नाम से जाना जाता था। और तो और बौद्ध भिक्षु ईसा पूर्व इस क्षेत्र में आने लगे थे। और यही नहीं, इस क्षेत्र को उन्होंने बुद्धमय कर दिया था। सोचिए, एक ऐसा प्रदेश जो आज भी दूर दिखाई देता है वहाँ शताब्दियों से बौद्ध धर्म विराजमान है। अब इसे क्षेत्र की विरासत कहें या मात्र विशेष आकर्षण कि विश्वभर में अगर कहीं बौद्ध धर्म आज भी अपने मूल रूप में उपस्थित है तो वह लद्दाख में है। इस पर बहस हो सकती है। मगर इसका उपयुक्त कारण ढूँढ़ा जाना चाहिए कि बुद्ध की जन्मस्थली से दूर यह दुर्गम पहाड़ों में कैसे जीवित ही नहीं, फलता-फूलता भी रहा। मुझे अद्भुत लगता है यह कल्पना करके कि प्रारम्भ से यहाँ के लामा सारनाथ और बौद्ध गया के सम्पर्क में थे।

इन सब धार्मिक व बौद्धिकजनों के साथ-साथ व्यापारियों और सेनाओं का काफिला, कश्मीर से होता हुआ ही आता-जाता रहा है। कश्मीर का नाम आते ही एक विशिष्ट परम्परा, संस्कृति व प्रकृति के सौन्दर्य का दृश्य उभर आता है। इसका सम्बन्ध पौराणिक काल से है। यह लद्दाख से कहीं अधिक चर्चित और पर्यटकों का पसन्दीदा स्थल रहा है। और भी कई कारण बने, इसके धर्म और राजनीति के केन्द्र में रहने के। दुर्भाग्य ही कहेंगे कि धरती का यह स्वर्ग विभिन्न विवादों के कारण अधिक सुर्खियाँ बटोरता रहा।

कश्मीर और लद्दाख, हिमालय की दो विशिष्ट घाटियाँ हैं। दो पारम्परिक व समृद्ध सभ्यताएँ। प्राचीन संस्कृति और प्राकृतिक सौन्दर्य के दो अति महत्त्वपूर्ण केन्द्र, इतने नजदीक! इसे प्रकृति और मानवीय इतिहास का संयोग ही कहेंगे। मगर ये जितने नजदीक हैं उतने ही दूर। इतने आस-पास हैं मगर भिन्न-भिन्न। एक-दूसरे से एकदम अलग। प्रकृति, धर्म, सभ्यता, संस्कृति, रहन-सहन, हर तरह से। अर्थात हिमालय की वादियों में, मात्र 400-500 किलोमीटर की दूरी पर स्थित, दो लोक। हिमालय अपना रंग-रूप किस तरह और किस तेजी से बदल सकता है, यह सोचा जाए तो शोध कम आश्चर्य का विषय अधिक होगा।

उपरोक्त तथ्यों के अतिरिक्त मुझे इस बात ने भी उकसाया था कि लद्दाख जाना शारीरिक रूप से एक चुनौती है। ऊँचाइयों पर होने वाली ऑक्सीजन की कमी के कारण, उल्टी, घबराहट, चक्कर, साँस फूलने से लेकर कई बार कमजोर हृदय वालों

के लिए किसी अप्रिय घटना की सम्भावना से भी इनकार नहीं किया जा सकता। ऐसे में वायुमार्ग से सीधे यहाँ जाने में समय की बचत तो है मगर वहाँ पहुँचकर यह तकलीफदेह हो सकता है। वैसे भी अगर दोनों घाटी से लगे क्षेत्र को सही अर्थों में देखना है तो सड़क मार्ग से जाना ही उचित होगा। यूँ तो प्रकृति को सही-सही समझ पाना, अपने आप में, स्वयं को धोखा देने के समान है। लेकिन फिर भी यह सच है कि मोटर-कार में, कश्मीर से लद्दाख जाने पर, पहुँचते-पहुँचते आपका शरीर, वहाँ की प्राकृतिक अवस्था के हिसाब से अपने आपको सक्षम बना लेता है। और साथ ही आप रास्ते के अद्भुत अनछुए दृश्यों को देख पाते हैं।

चुनौतियाँ रोमांच पैदा करती हैं तो कुछ नया देखना-सुनना-जानना रोचक होता है। ऐसे में मेरा यह निर्णय कि मैं वहाँ पूरी तरह से अकेले जाऊँगा, सार्थक ही सिद्ध हुआ था। जिसका अनुभव आगे आनेवाले शब्द अपने आप बयाँ कर देंगे। सच कहूँ तो प्रकृति और अपने बीच किसी और को नहीं आने देना चाहता था। कोई साथ न हो, तभी तो कोई नया पास आकर रिक्त स्थान भर पाएगा। प्रकृति के नजदीक जाना है तो दूसरों से दूर जाना होगा। और वही हुआ भी। श्रीनगर से लेह जाने के लिए अवसर की तलाश में तो था ही, जैसे ही मिला तो मैं फौरन तैयार हो गया। भारतीय लोककथाओं में, यह बात जाने-अनजाने ही तीर्थस्थानों के लिए अमूमन कही जाती है कि जब तक उस स्थल पर विराजमान ईश्वर का आदेश नहीं होता, तब तक वहाँ जाना सम्भव नहीं। अनुभवों को देखें तो शायद यह कुछ हद तक सच भी है।

लेखन भी तो एक तरह की यात्रा ही है। शब्द यात्रा। जहाँ लेखक शब्दों से खेलता और कल्पनाओं में उड़ता है। स्वतन्त्र। स्वच्छन्द। कोई रोक-टोक नहीं। कोई सीमा नहीं। इस यात्रा में भी दुख है, सुख है। मगर जो भी है अपना है। शब्द अपने अर्थों से तर्क-वितर्क करते हैं। कभी ये साथी बन जाते हैं तो कभी धोखा दे देते हैं। ये मुझे और मैं इन्हें सँभालता हूँ। इनसे मेरी पहचान है। ये साथ रोते और हँसते हैं। मैं इनसे खुलकर बातें कर सकता हूँ। कोई छिपाव नहीं और डर नहीं। कोई बेचैनी नहीं। मगर जब चाहूँ, जैसा चाहूँ, जो चाहूँ, क्या बोल सकता हूँ? जबकि ऐसा नहीं कि शब्द मौन रहते हैं। ये तो आईना दिखाते हैं। ऊपर से अहंकार कभी नहीं करते। श्रीनगर-लेह मार्ग पर शब्दों की यात्रा अनायास ही प्रारम्भ हुई थी। क्यूँ और कैसे? इसको सही-सही शब्दों में कह पाना सम्भव भी नहीं। हाँ, इस बात का निर्णय यात्रा के दौरान ही कर लिया था।

संक्षिप्त में कहूँ तो ये यात्रा प्रकृति के बीच कदमताल करने जैसी थी। मुश्किलों से सामना हुआ तो क्या हुआ!! प्रकृति भी तो अपने नग्न रूप में उपस्थित हुई। मूल रंग में। पूरे वैभव के साथ। विराट। निरन्तर। परिवर्तनशील। नवीन। यौवन इतना कि कल्पना भी नहीं की जा सकती। हाँ, मुश्किल इस बात की हुई है कि सौन्दर्य को देखते ही मन-मस्तिष्क स्थिर हो गया, ऐसा श्रृंगार कि शब्द कम पड़ने लगे। उठ रहे

विचारों का अहसास तो हुआ मगर व्यक्त कर पाना मुमकिन न हो सका। विस्तार इतना कि वर्णन सम्भव नहीं। असल में आँखें ही देख सकती हैं, कैमरे व्यर्थ हो जाते हैं। ऊपर से, जब उस पूरी यात्रा को शब्दों में उतारने की ठानी तो कलम और विचार, साथ चल रहे दृश्यों के साथ नहीं चल पाए। प्रतीकों का सहारा लेने की कोशिश भी हुई। मगर लेखक स्वयं इनसे सन्तुष्ट नहीं। बहरहाल, इस यात्रा को कई नाम से पुकारने का मन कर रहा है। श्रीनगर से लेह की जगह, कश्मीर से लद्दाख की यात्रा कहा जाना उचित होगा। मगर ये भी काफी नहीं। और भी कई नाम शब्द-शीर्षक बनकर उभर रहे हैं। श्वेताम्बर से पीताम्बर की यात्रा। हरियाली से रेगिस्तान। सुन्नी बहुल घाटी से शिया बहुल घाटी। हिन्दू कथाओं से बौद्ध काल। डल से पेंग्यॉग। महान हिमालय से काराकोरम। नाम से गुमनाम। या भव्यता से दिव्यता की यात्रा। आगे विस्तारपूर्वक वर्णन आने पर इन शब्दों की जुगलबन्दी को बेहतर ढंग से समझा जा सकेगा। वरना शब्दार्थ, यहाँ शायद हमें तंग कर सकते हैं। वैसे ये हमारे सामाजिक जीवन में बेवजह की गलतफहमी और नासमझी पैदा करते रहे हैं। करने दो। जब आगे भावार्थ समझेंगे, तब प्रकृति के अनोखे खेल को कुछ-कुछ समझ पाएँगे। और इसीलिए उपरोक्त सभी भावों को समेटते हुए पुस्तक का नाम रखा— *स्वर्ग यात्रा : एक लोक से दूसरे लोक तक।*

मरने के बाद का तो पता नहीं, जीते-जी धरती के स्वर्ग की यात्रा कर आया। सात दिन में, 1000 किलोमीटर का सफर, 5000 साल की यात्रा। जन्नत की सैर का, इससे बेहतर पैकेज और क्या हो सकता है!!

स्वर्ग यात्रा

एक लोक से दूसरे लोक

पहला दिन

कश्मीर : एक लोक

दिल्ली के अन्तर्राष्ट्रीय हवाई अड्डे से श्रीनगर के लिए रविवार को सुबह-सुबह निकल पड़ा हूँ। कई तरफ के चित्र मन-मस्तिष्क में उभर रहे हैं। पिछले दिनों बहुत कुछ पढ़ चुका हूँ। आतंकवाद। अलगाववाद। कश्मीरी पंडितों का विस्थापन। वही एक-एक कर याद आ रहे हैं। लेकिन इसके अतिरिक्त भी है। बहुत कुछ। श्रीनगर। जम्मू-कश्मीर की राजधानी। धरती का स्वर्ग। डल झील। निशात बाग। शालीमार बाग। मुगल गार्डन। चश्माशाही। शंकराचार्य मन्दिर। परीमहल। हरीपर्वत। हजरतबल मस्जिद। और फिर कश्मीर में गुलमर्ग। अनन्तनाग। सोनमर्ग। पहलगाम। अमरनाथ। वेरीनाग। सूर्य मन्दिर आदि-आदि, और न जाने क्या-क्या। बर्फ ही बर्फ। हिमालय की चोटियाँ और घाटी। चिनार के पेड़। झील। नदियाँ। बस! क्या इतना ही है श्रीनगर और कश्मीर? बिलकुल नहीं। श्रीनगर नाम ही काफी है। 'श्री' का 'नगर'। 'लक्ष्मी' की 'नगरी'। 'वैभव' का 'शहर'। आदिकाल से कश्मीर का अस्तित्व है। शिलालेख और ग्रन्थों के लिखित इतिहास में इसका प्रमाणित वर्णन है। हर कालखंड में इसकी अपनी भूमिका है। धर्म, संस्कृति, सभ्यता, भाषा, लेखन हर क्षेत्र में विशिष्ट और अलग। वो भी सदियों से।

कश्मीर का इतिहास उतना ही पुराना है जितनी मानव सभ्यता। यह अति प्राचीन ही नहीं पुरातन भी है। माना जाता है कि यहाँ भगवान शिव की पत्नी देवी सती रहा करती थीं। यहीं देव ऋषि कश्यप ने असुरों को परास्त किया था। और इसी कारण से घाटी को कश्यप मार कहने लगे जो कालान्तर में कश्मीर हो गया। भगवान श्री कृष्ण भी कश्मीर पधारे थे। कश्मीर के राजा गोनन्द जरासंध की ओर से लड़ते हुए श्रीकृष्ण के हाथो मारे गए थे। युद्ध में उसका बेटा दामोदर भी मारा गया था। इसके बाद कश्मीर की राजगद्दी दामोदर की पत्नी यशोमती को सौंपी गई । यशोमती का राजाभिषेक भगवान श्री कृष्ण ने ही किया था। पांडवों से भी इस स्थान का सम्बन्ध बताया जाता है। पांडव सम्राट अशोक ने श्रीनगर को बसाया। प्राचीन काल में हिन्दू आर्य राजाओं का शासन था। मौर्य सम्राट अशोक फिर कुषाण सम्राट कनिष्क के शासनकाल में बौद्ध धर्म यहाँ फला-फूला। फिर पूर्व मध्यकाल में चक्रवर्ती सम्राट ललितादित्य ने राज किया। इस दौरान कश्मीर शक्तिशाली राज्य था। लोककथाओं के हर एक शब्द के साथ-साथ अवशेषों और खँडहर में यह इतिहास आज भी जिन्दा

है। यह करकोटा वंश था। इसी कालखंड में कुछ समय के लिए हूण भी आए। और फिर मुगल, अफगान, सिख और डोगरा राजाओं ने राज किया।

कश्मीर, धर्म की दृष्टि से देखें तो हिन्दू जीवन–पद्धति फिर बौद्ध धर्म–संस्कृति का मुख्य केन्द्र रहा है और अब इस्लाम का। कश्मीर शैव दर्शन ने भी यहीं जन्म लिया और फला–फूला। क्या इतना जीवन्त क्षेत्र दुनिया का कोई और भाग है? लगता नहीं। ऐसा क्या है जो दुनिया के लगभग हर क्षेत्र व समकालीन सभ्यता के शक्तिशाली राजवंशों ने यहाँ आने का प्रयास किया? वो भी हर कालखंड में। वही तो देखने–जानने आया हूँ। और तभी वायुयान की खिड़की से बाहर झाँकने पर पर्वत की चोटियाँ नजर आई थीं। हम हिमालय के ऊपर से गुजर रहे थे। यहाँ प्रकृति भी पूरे यौवन में है। क्या हिमालय के बिना यह सब सम्भव है? जिस सिकन्दर को महान बनाने के लिए हम इतिहास पढ़ते–पढ़ाते नहीं थकते, वो यहीं आकर हारा था। असल में पश्चिमी इतिहासकार ने इस पवित्र भूमि को कमतर बताने में, कोई कसर नहीं छोड़ी। स्वयं को श्रेष्ठ साबित करने के लिए ऐसा करना स्वाभाविक है। लेकिन क्या वजह है कि हम महाकवि कल्हण के द्वारा लिखा ग्रन्थ 'राजतरंगिणी' नहीं पढ़ते। और उसमें लिखे वैभवशाली कश्मीर के इतिहास से अनजान हैं। मानसिक गुलामी शारीरिक गुलामी से अधिक नुकसानदायक होती है और हम इसके शिकार हैं। तभी तो हम सिकन्दर के समकालीन महान भारतीय सम्राट चन्द्रगुप्त को अपनी चर्चा में वो स्थान नहीं देते, जिसके वो हकदार हैं। जबकि उनका जीवन, अन्य महाराजाओं से भिन्न, किसी महात्मा से कम नहीं। हम तो प्रकृति द्वारा हमें दिए गए अद्‌भुत हिमालय को नहीं पढ़ते। उसके बारे में नहीं जानते। और अगर जानते भी हैं तो कितना? मगर फिर लगता है कि क्या सब कुछ जान सकते हैं?

हिमालय गाथा

'हिमालय' नाम ही काफी है। उसको क्या किसी पहचान की जरूरत है? वो तो, स्वयं अपने आप में एक पहचान है। सम्पूर्ण पृथ्वी में विशिष्ट। धरती का शीर्ष, शिखर, मस्तक। इसका अपना लम्बा–चौड़ा भौगोलिक साम्राज्य है, जिसकी अपनी ऐतिहासिक स्वायत्तता है। इससे तो सैकड़ों नदियाँ, झरने, झील, ग्लेशियर, पर्वत–चोटियों से लेकर संस्कृतियाँ, सभ्यताएँ, समाज, उपमहाद्वीप और देश अस्तित्व में

आते हैं और पहचाने जाते हैं। यूँ कहें कि इतिहास का एक भाग नहीं बल्कि अपने आप में एक इतिहास है। पृथ्वी के जीवनकाल से जुड़ा हुआ। और यह रोचक भी है।

वैज्ञानिकों की मानें तो यह भारत देश के अन्य पर्वत, जैसे कि सतपुड़ा, विन्ध्य और नीलगिरी से उम्र में छोटा है। इसका जन्म बड़े अनूठे अन्दाज में हुआ। जब भारतीय उपमहाद्वीप तिब्बत और मध्य एशिया से टकराया तो दोनों भूभाग की प्लेटों के दबाव से इसका निर्माण हुआ। कह सकते हैं कि इसने भारतीय उपमहाद्वीप को, एक सशक्त राष्ट्र के रूप में पहचान, अपने जन्म से ही दे दी थी। इसी तरह की और भी कई प्राकृतिक घटनाओं के साथ इसका सम्बन्ध जोड़ा जाता है। जिसकी जितनी भी विस्तार में व्याख्या की जाए उतना ही कम है। अर्थात अवर्णनीय। न जाने कितने पक्ष, तर्क और कितनी पृष्ठभूमियाँ। क्या सच है, किसी को भी नहीं पता। बस, विज्ञान इसका अन्दाज ही लगा सकता है। अब क्या करे, ज्ञान का प्रमुख स्रोत भी तो यहीं है। इसके न जाने कितने चेहरे हैं, कितनी रोमांचकारी छवियाँ, कितने रंग-रूप-गुण हैं।

धर्म, अध्यात्म ही नहीं, मनुष्य के कला व दर्शन का भी इसे शिखर कहा जा सकता है। मुख्य व मजबूत स्तम्भ। मानवीय सभ्यता के विकासक्रम में औषधियों से लेकर तप-तपस्या की भूमि का प्रथम और अन्तिम पड़ाव यहीं है। यह शान्त व स्थिर लगता जरूर है मगर इसके राज हमारी समझ से परे हैं। यह विशाल विराट है, अजर अमर भी। दुनिया की प्राचीनतम सभ्यता इसकी गोद में ही पली बढ़ी। हिन्दू धर्म के अनेकानेक तीर्थस्थान से लेकर अनगिनत भारतीय ग्रन्थों का यह प्रेरणा स्रोत रहा है। यह देवस्थल है। वेदों की जन्मभूमि। यह स्वयं में रहस्यमयी है और साथ में अनेक मानवों के रहस्यों को अपने अन्दर छिपा रखा है। एकान्त में चिन्तन के लिए यह सर्वश्रेष्ठ स्थान है।

इसके अन्दर से फूटकर निकलीं नदियों ने इस पूरे उपमहाद्वीप को युगों-युगों से सींचा। सिन्धु, गंगा और ब्रह्मपुत्र जैसी महान नदियों का उद्गम स्थल इसकी कोख में स्थित है। इसे सौभाग्य ही कहेंगे कि ये हम भारतीयों का है। पीढ़ियों से हमारा महानायक है। इससे न जाने कितनी कहानियाँ जुड़ी हैं। साहित्य, इतिहास व संस्कृति-सभ्यता की महागाथा। यह सदियों का साक्षी है। हमारे देश का मुकुट। अभिमान। विश्वास। और सीमाओं का संरक्षक। यह हिन्दुस्तान को प्रकृति का अनमोल व अद्वितीय तोहफा है। अन्त में यह हमारी सिर्फ पहचान नहीं, हमारे अस्तित्व का मूल है। यह दीगर बात है कि हम विभिन्न आँकड़ों में उलझकर इस अहसास को भूल जाते हैं। या भुला देते हैं। या फिर विभिन्न नाम देते-देते उसके अलौकिक सौन्दर्य की अनदेखी कर जाते हैं।

इस हिमालय महान, जिसका भौगोलिक विस्तार पूर्व से लेकर भारत के उत्तर पश्चिम तक फैला हुआ है, का नामकरण हमने अपनी सहूलियत के हिसाब से कर रखा है। पूर्वी हिमालय, मध्य हिमालय और पश्चिमी हिमालय। इसी पश्चिम क्षेत्र को महान हिमालय भी कहा जाता है। यहीं तो मेरी यात्रा प्रस्तावित है। इसके ऊपर चौथा

हिमालय भी है। इस उत्तरी हिमालय को परा-हिमालय या ट्रांस-हिमालय भी कहा जाता है जिसमें काराकोरम व कैलास श्रेणियाँ हैं। हिमालय पर्वत नहीं, पर्वत शृंखला नहीं, पर्वत श्रेणी नहीं बल्कि चाप आकार का एक पर्वत तन्त्र है। जिसमें कई शृंखलाएँ, श्रेणियाँ, शिखर, ढलान और घाटियाँ हैं। संसार की अधिकांश पर्वत चोटियाँ इसी हिमालय में स्थित हैं। और मैं इसके ऊपर से उड़ रहा हूँ। ऐसे विचार मन में आते ही मैंने खिड़की से बाहर एक बार फिर देखा था। दुनिया का शिखर माउंट एवरेस्ट यही कहीं, इनके बीच ही कहीं होगा। और मेरी निगाहें नीचे शिखरों पर दौड़ने लगी थीं। क्या इसका सिर्फ एक नाम 'हिमालय' सम्भव है? नहीं। नेपाल इसे 'सगरमाथा' (आकाश का भाल) संस्कृत—'देवगिरी' और तिब्बती 'चोमो लुंगमा' (पर्वत की रानी) कहते हैं। और भी कई नाम होंगे। होने चाहिए।

हिमालय ने मुझे हर बार आकर्षित किया। इसका मेरे जीवन में विशेष महत्त्व है। यह मुझ जैसे न जाने कितने लेखकों का प्रेरणास्रोत रहा है। मेरा तो लेखकीय बालपन भी यहीं बीता। मैंने इसकी गोद में शब्दों के साथ बाल-हठ के कई खेल खेले। मैं स्वयं नहीं जानता कि ऐसी कौन-सी शक्ति थी जिसने मुझमें प्रवेश कर मुझ जैसे को अक्षरों में जीवन भरना सिखा दिया। उन दिनों को मैं आज भी नहीं भूल सकता। हर पल असीम आनन्द। घर की खिड़की के सामने बैठकर घाटी के बदलते नजारों को घंटों देखते रहना। आसमान भी यहाँ निरन्तर रंग-रूप बदलता है। हिमालय पर स्थित न जाने कितने पर्यटन स्थलों-केन्द्रों में घूम चुका हूँ। मगर हर बार लगता है कि हिमालय सिर्फ इतना ही नहीं है। इसका वृत्तान्त मानवीय कलम से सम्भव नहीं। शायद, हम कई जन्मों में भी इसका स्तुतिगान नहीं कर पाएँगे। यहीं तो वेदों को ध्वनित किया गया। प्रशंसा में जो-जो उच्चारण हुए वो भी अद्‌भुत हैं। यहाँ अनेक शब्दों का निर्माण हुआ। मगर इन सब बातों से बेखबर, हिमालय निर्विकार खड़ा है। अनन्तकाल से, अनन्त का भाव देते हुए।

नदियों का जाल

हवाई जहाज की खिड़की से झाँका तो चोटियों पर सफेद चादर नजर आ रही थी। ये बर्फ से ढकी हैं। ठीक ही तो है, हिमालय अर्थात बर्फ का घर। इस नाम में ही बहुत कुछ छिपा हुआ है। हिमालय पर बड़े-छोटे अनगिनत ग्लेशियर (हिमानी) चारों ओर बिखरे मिलेंगे। ताजिकिस्तान स्थित फेद चेन्को ग्लेशियर के बाद दुनिया का दूसरा सबसे बड़ा (नॉन पोलर) ग्लेशियर सियाचिन भी तो काराकोरम हिमालय में ही है। अब बर्फ है तो पिघलेगी भी और फिर पानी भी बनेगा, जो फिर बहेगा। सीधी-सी बात है, इसलिए हिमालय से अनगिनत झरने, नदियाँ, उपनदियाँ निकलती हैं जो फिर दक्षिण एशिया के बहुत बड़े भू-भाग को सींचती हुई समुद्र में जा मिलती हैं। संसार की रचना करनेवाले ने भी कमाल कर रखा है। इतने ऊँचे-ऊँचे पर्वत और उनमें से

फूटतीं नदियाँ। अब पानी अपने स्वभाव के हिसाब से नीचे की ओर बहेगा ही, तभी तो चोटी से मैदान में आने के लिए नदी ने रास्ते ढूँढ़े होंगे, सबसे सरल ढलान को चुना होगा। और जहाँ कहीं अवरोध आया होगा उसे तोड़ा भी होगा। और इस तरह उसने घाटी बनाई।

कश्मीर घाटी बनने का भी अपना एक इतिहास है। जो कई पौराणिक कथाओं में सदियों से चला आ रहा है। इसके कई मत हैं। नीलमत पुराण में इसका विस्तारपूर्वक वर्णन है। एक मतानुसार कश्मीर युगों पहले सतिसर अर्थात एक झील थी। यहाँ एक राक्षस नाग रहता था। वैदिक ऋषि कश्यप ने इसे हराकर, जमा पानी को वितस्ता (झेलम) नदी के रास्ते बहा दिया। जो फिर बाद में कश्मीर वादी बनी। देवी सति से सम्बन्धित होने के कारण इसे सति देश भी कहा गया। इसकी प्रामाणिकता की बहस में पड़ने से बेहतर है कि हम घाटी बनने की प्रक्रिया को समझें। यहाँ घाटी है तो वास्तव में, कभी न कभी कुछ न कुछ तो घटा ही होगा। अब जहाँ पानी है तो वहाँ जीवन भी होगा। कुछ पानी के अन्दर और कुछ पानी के बाहर, नदी के दोनों तटों पर। मनुष्य के लिए पानी कितना जरूरी है कहने की आवश्यकता नहीं। तभी विश्व की सभी सभ्यताएँ नदी और झील के किनारे पनपी और विकसित हुईं।

सिन्धु घाटी सभ्यता दुनिया की प्राचीन नदी सभ्यताओं में से एक है। करीब 3000 ई.पू. हड़प्पा व मोहनजोदड़ो, इसके प्रमुख केन्द्र याद आ रहे थे। अगर हिमालय नहीं होता तो सिन्धु, गंगा, ब्रह्मपुत्र नहीं होतीं। और अगर ये और अन्य नदियाँ नहीं होतीं तो भारतीय उपमहाद्वीप में मानव सभ्यता विकसित हो पाती ? नहीं। मुझे याद आ रही है सतलुज, व्यास, रावी, चिनाब व झेलम, पाँच नदियाँ, जिनसे पंजाब अस्तित्व में आया। ये सभी सिन्धु की उपनदियाँ हैं। कुछ पुरातत्वज्ञों के मतानुसार तो सरस्वती भी यहीं से निकलकर सागर में जा मिलती थी। समय के साथ सूख गई होगी और हम उसे लुप्त कहते हैं। यह जरूर होगी, वरना विष्णु पुराण में इसका जिक्र नहीं आता। इसमें उल्लेखित सात नदियों (पवित्र) के नाम हैं—गंगे च यमुने, चैव, गोदावरि, सरस्वती। नर्मदे कावेरी (जलेस्मिन् सन्निधिं कुरु)। इस प्रकार हिमालय के दक्षिण के सम्पूर्ण देश को ही 'सप्त सिन्धु' कहा गया है। ठीक ही तो है। आज भी यही नदियाँ भारत देश के अस्तित्व के लिए आवश्यक हैं। संक्षिप्त में कहें तो नदियों के जाल से ही सभ्यताओं और फिर राष्ट्र का निर्माण होता आया है।...इस तथ्य ने मुझे पुनः सोचने के लिए मजबूर किया था और मैंने लम्बी साँस ली थी।

मानव के समाज व सभ्यता फिर देश व राष्ट्र निर्माण की एक पूरी प्राकृतिक प्रक्रिया है। दो पैर वाला आदमी है तो उसकी अपनी जरूरतें हैं और उनकी पूर्ति के लिए उसका अपना दिमाग। विज्ञान तो हमें अब सिखाता है, बताता है, समझाता है। मगर आदिमानव युगों-युगों से, मात्र अनुभवों से बहुत कुछ जान गया था। तभी तो वह नदियों के किनारे-किनारे चलकर कहाँ से कहाँ पहुँच गया। ये पगडंडियाँ, जो

बाद में सड़क बनकर राजमार्ग या राष्ट्रीय मार्ग में परिवर्तित होती चली गईं, उनकी दिशाएँ हमारे पूर्वजों ने बहुत पहले ही खींच दी थीं। यकीनन मेरा प्रस्तावित श्रीनगर-लेह यात्रा मार्ग इन्हीं अति प्राचीन पगडंडियों में से एक होगा। यह सोचकर ही मैं रोमांचित हो उठा था। उत्सुकता बढ़ रही थी। और इसीलिए एक बार फिर खिड़की से बाहर नीचे देखा था। लगा कि मैं इन पर्वत चोटियों के बीच चलते-चलते, अपने पूर्वजों के नजदीक पहुँच रहा हूँ। इसी बीच नीचे हरियाली नजर आने लगी। और तभी घोषणा हुई कि हम श्रीनगर हवाई अड्डे पर उतरनेवाले हैं।

श्रीनगर

श्रीनगर के अन्तर्राष्ट्रीय हवाई अड्डे पर उतरा हूँ। यह नया है। ठीक-ठीक साफ-सुथरा। अच्छा है मगर शायद अत्याधुनिक नहीं। वरना ऐरो ब्रिज हवाई जहाज के दरवाजे पर आकर चिपक जाता और वायुयान से निकलकर इसी से होकर हवाई अड्डे की मुख्य इमारत के भीतर सीधे पहुँच जाते। सहूलियतों के चक्कर में हमने अपनी आदतें तो बिगाड़ी ही हैं साथ ही व्यवस्थाओं को कृत्रिम और यन्त्रवत कर दिया। ऊपर से वातानुकूलित और सब कुछ ढका हुआ। मगर यहाँ ऐसा कुछ नहीं था। वायुयान से बाहर आकर सीढ़ियों से उतर रहा हूँ और अन्य हवाई अड्डों की तरह 'बस' भी नहीं लेनी है। पैदल चलकर ही सामने की इमारत में घुसना है। बाहर से देखकर इतना तो कह सकता हूँ कि हवाई अड्डा बहुत बड़ा नहीं है अर्थात अधिक व्यस्त भी नहीं होगा।

हिन्दुस्तान में पिछले कुछ वर्षों से बेहद आधुनिक, विशाल और भव्य हवाई अड्डे बनाए जा रहे हैं। ये सभी विश्वस्तरीय हैं। मगर इन सभी में बहुत हद तक एकरूपता है। अतः ये मुझे निराश करते हैं। इनमें कोई नयापन नहीं होता। बहुत हुआ तो स्थानीय संस्कृति से सम्बन्धित चित्र या कलाकृति, भीतर की दीवारों पर रँगी-टँगी मिल जाएँगी। माना, सभी एयरपोर्ट की मूल आवश्यकताएँ एक समान होती हैं मगर हर एक की आन्तरिक और बाह्य साज-सज्जा तो भिन्न-भिन्न की जा सकती है। क्या हमारी वास्तुकला में नई-नई कल्पनाओं का अभाव है? और अगर ऐसा है तो क्यों? ऊपर से बाजार ने सब कुछ एकरूप कर दिया है। आजकल हर एक चीज का ब्रांड बना दिया जाता है। हमारे ही द्वारा निर्धारित उच्चस्तर का एक पैमाना। मगर प्रकृति में कोई ब्रांड नहीं। यहाँ नवीनता है। कुछ भी एक समान नहीं। हर एक स्थान पर हर एक चीज अपने नए रंग-रूप और ढंग में उपस्थित है। कश्मीर का सौन्दर्य, इसका एक बेहतरीन और प्रामाणिक उदाहरण हो सकता है। यही दीगर बात है कि पिछले कुछ सालों में, मानवीय कमजोरियों, राजनीतिक महत्त्वाकांक्षाओं और धार्मिक संकीर्णता के कारण इसे बहुत कुछ सहना पड़ा। और ये मनुष्यजनित कारणों से अधिक सुर्खियों में रहा। फलस्वरूप मुझ जैसे आम पर्यटक यहाँ आने पर आशंकित और थोड़े

सावधान रहते हैं। यही कारण है कि यहाँ आनेवाले पर्यटकों की संख्या कम है। अगर सब कुछ सामान्य होता तो यह देश-दुनिया के व्यस्त पर्यटक शहरों में से एक होता। और तब यह हवाई अड्डा कहीं अधिक बड़ा होता।...बहरहाल, जाने-अनजाने ही मैं भी सतर्क हूँ, मगर उतना भी नहीं कि चेहरे पर भय दिखाई दे। असल में आगे की यात्रा को लेकर मैं अधिक उत्साहित हूँ जिसके कारण बाकी सब बातें गौण हो रही हैं।

यूँ तो श्रीनगर तक जम्मू से सड़क मार्ग द्वारा भी आ सकता था। यह भी कम दर्शनीय नहीं। पर्याप्त समय हो तो जम्मू से श्रीनगर फिर लेह और आगे मनाली तक पूरी सड़क यात्रा यादगार बनाई जा सकती है। मगर यह अधिक लम्बा हो जाता है। मात्र एक हफ्ते का अवकाश हो और उसमें भी सर्वश्रेष्ठ चुनना हो तो कश्मीर से लद्दाख की यात्रा का कोई मुकाबला नहीं। और इसीलिए श्रीनगर तक वायुमार्ग से सीधे पहुँचा था।

जून का महीना। सुबह का वक्त। अभी तो सूरज निकला ही है। फिर भी शेष पूरा भारत अब तक तपने लगा होगा। मगर यहाँ वायुयान से बाहर निकलते ही राहत मिली थी। इसे ठंडा नहीं कह सकते। हाँ, हवा में ताजगी है और मौसम सुहावना कहा जा सकता है। सुना है गर्मियों में श्रीनगर भी गर्म होने लगा है। क्या करें? मानव के भौतिक विकास के विरोध में पृथ्वी ने अपना रोष प्रकट करने का, शायद यही तरीका ढूँढ़ा हो। बहरहाल, हवाई अड्डे की मुख्य इमारत में प्रवेश किया तो पाया सैलानियों की चहल-पहल है। यह स्थानीय लोगों के लिए कमाई का समय है। इसे ही सीजन कहते हैं। तभी तो हमारा हवाई जहाज भी फुल आया था। सामान (लगेज) के बेल्ट पर चारों तरफ भीड़ है। धक्का-मुक्की हो रही है। हवाई जहाज में भी, दरवाजा अभी खुला भी नहीं था, और यात्री अपनी-अपनी सीटों से खड़े हो गए थे। सब जल्दी में दिख रहे थे। उफ! हर जगह जल्दी। सामान लेकर, हवाई अड्डे से बाहर निकला तो नामपट्टिका लिये लोग कतार में खड़े थे। इन नामों वाले यात्रियों में से अधिकांश मुझ जैसे पर्यटक होंगे। कुछ एक व्यापार के लिए भी आए होंगे। आजकल महत्त्वपूर्ण शहरों में पर्यटक पहले से होटल बुक करा के आते हैं। ऊपर से सीजन है, होटलों में बुकिंग मुश्किल से मिल रही है। कमरे के अतिरिक्त मनचाही गाड़ियाँ लेने पर भी ऊँचे दाम देने पड़ रहे हैं। पर्यटन केन्द्रित स्थानों पर ऑफ और ऑन सीजन का खेल समझ पाना उतना आसान नहीं। इस बीच मैं वहाँ अपना नाम तलाश रहा था। तभी एक नौजवान के दोनों हाथों से पकड़कर दिखाए जा रहे कागज पर नजर पड़ी और मैं उस ओर बढ़ा था। मेरा नाम उस पर लिखा हुआ था। हमारी नजर मिली तो वो समझ गया था। मुस्कुराते हुए कहने लगा,

'मनोज सिंह?'

'जी। और आप?'

'जावेद।'

उसने सामान वाली ट्राली मेरे हाथ से ली और आगे बढ़ा था। चौबीस-पच्चीस साल की होगी। हल्की दाढ़ी, गोरा-लम्बा युवक देखने में आकर्षक था।

'सलाम' एक व्यक्ति को रास्ते में देखकर उसने कहा तो जवाब में उस व्यक्ति ने जावेद से 'वालेकुम सलाम' कहा था। फिर दोनों रुककर बात करने लग गए थे। ये कश्मीरी भाषा होनी चाहिए, जो मुझे समझ नहीं आ रही थी। चेहरे के भाव को देखकर अन्दाज लगाना भी मुश्किल हो रहा था।...खड़े-खड़े क्या करूँ और मैं इधर-उधर देखने लग गया हूँ। कानों में उनकी बातें पहुँच रही हैं। भाषा पर्यटक के लिए एक बड़ी चुनौती है। यह मुश्किलें पैदा कर सकती है। प्राचीन काल में दूर-दराज की यात्रा करनेवालों ने कैसे सब किया होगा? आज जब इतनी मुसीबत आ खड़ी होती है तो तब क्या नहीं होता होगा? कितने साहस और सतर्कता की आवश्यकता होती होगी? सचमुच। एक-दूसरे की भाषा न समझने पर अर्थ का अनर्थ भी हो सकता है। उसमें भी अशान्त क्षेत्रों की यात्रा, यात्री-पर्यटक को शंकालु बना सकती है। वैसे मुझे देश-दुनिया घूमने का लम्बा अनुभव है। इसके कारण डर भी कम है। वरना बेवजह की खबरों को सुन-सुनकर कोई भी यहाँ आकर विचलित हो सकता है।

जावेद जींस-टीशर्ट में था जबकि दूसरे कश्मीरी ने घुटने तक लम्बा भूरे रंग का झोला किस्म का गाउन पहन रखा था। यही तो 'फिरन' है, यहाँ की ड्रेस। यही औरतें भी पहनती हैं। मगर उनके फिरन का रंग आकर्षक और उस पर फूल-पत्ती की कढ़ाई होती है। कश्मीरी पंडित भी पहनते तो यही फिरन हैं मगर उसमें मामूली अन्तर होता है। जानकार इसे देखकर पहचान सकते हैं। इसके अन्दर ही तो 'कांगरी' (कांगर) होती है एक किस्म का मिट्टी का विशिष्ट पॉट, जिसमें लकड़ी के कोयले की आग से गर्मी पैदा की जाती है, इसे एक हाथ से पकड़कर दूसरे हाथ से सामान्य काम किया जाता है। तो फिर ठंड में जावेद कैसे करता होगा? मन में सवाल उठा था। पूछेंगे! हो सकता है भीषण ठंड में ये भी फिरन और भीतर कांगरी लटकाता हो। कश्मीर जीवनैशली, संस्कृति, रहन-सहन, खानपान के बारे में थोड़ा-बहुत पढ़ रखा है। मगर लिखा हुआ पढ़ने से सूचना मिल पाती है। जबकि व्यावहारिक रूप से देख-समझने पर ज्ञान प्राप्त होता है। सूचना और ज्ञान के अन्तर को समझना मुश्किल नहीं।

'फिरन' वाला जा चुका था। जाते-जाते मेरी ओर देखकर मुस्कुराया था। मैं भी हल्के से मुस्कुरा दिया था। जावेद एक बार फिर आगे-आगे और मैं पीछे-पीछे। हम दोनों आगे बढ़े थे। एक गाड़ी के सामने पहुँचकर उसने रिमोट से गाड़ी के दरवाजों को अनलॉक किया और पीछे डिक्की उठाकर सामान रखने लगा था। गाड़ी में बैठने के लिए पीछे के दरवाजे को जैसे ही मैंने खोला तो सीटें देखकर गुस्सा आया था।

'ये क्या! बक्केट सीट वाली गाड़ी नहीं भेजी?'

मेरा पूछना स्वाभाविक था। होटल के द्वारा ट्रैवल वाले को विशेष रूप से इनोवा की सिक्स सीटर गाड़ी के लिए, बुलवाया था। जिसमें पीछे की सीटें बक्केट होती हैं।

अर्थात ड्राइवर के बगल वाली बक्केट सीट के अतिरिक्त, ठीक पीछे वाली कतार में मात्र दो, अलग-अलग, चेयर स्टाइल की सीटें। और फिर जिसके पीछे, तीसरी व आखिरी कतार में तीन सीटों वाली सोफा किस्म की सीटें। और इस तरह कुल छह सीटें हुईं। मगर अधिक यात्रियों को बिठा पाने के उद्देश्य से, कई गाड़ियों में, ड्राइवर की ठीक पीछे वाली कतार में भी सोफा सीटें ही होती हैं जिस पर तीन से चार तक यात्रियों को धँसाकर बैठाया जाता है। सबसे पीछे की सोफा सीट पर भी यही आलम होता है। अर्थात ड्राइवर के अतिरिक्त कम-से-कम सात तो बैठ ही सकते हैं। और इसी तरह की गाड़ी मेरे लिए भेजी गई थी। मगर मैं तो अकेला यात्री हूँ। और मैंने इस लम्बी बड़ी गाड़ी का चुनाव सिर्फ इसलिए किया था कि यह लम्बी दूरी के लिए उपयुक्त व सुविधाजनक है। और फिर, मुझे बक्केट सीट अधिक आरामदायक लगती है, वो भी लम्बे सफर पर, क्योंकि दोनों हाथ रखने का हत्था साथ होता है। पहाड़ी रास्ते के लिए भी इनोवा एक बेहतरीन सवारी है। आरामदायक के साथ-साथ सुरक्षित और अधिक महँगी भी नहीं। चूँकि मुझे इसी गाड़ी के साथ कई दिन गुजारने थे, तो ऐसे में मेरा नाराज होना जायज था।

'साहब, यहाँ बक्केट सीट वाली इनोवा बहुत कम है।' जावेद ने गाड़ी चलाते हुए कहा था। वैसे तो मैं कुछ भी सुनने को तैयार नहीं था। मगर कर भी क्या सकता हूँ! कुछ देर बाद जब थोड़ा गुस्सा शान्त हुआ तो मन में आया कि शायद ठीक ही कह रहा है। यहाँ पर्यटन के लिहाज से अधिक से अधिक यात्रियों वाली गाड़ी की डिमांड ही तो ज्यादा होगी। और मैं मन को तसल्ली देकर शहर देखने लगा था। खुली सड़क। खुले बड़े मकान। जल्दी ही हम होटल पहुँचे तो यह मन-मुताबिक था। होटल ताज, आखिरकार नामी और महँगा पंच-सितारा होटल है। क्या करता! दूसरे होटलों में जगह नहीं मिली थी और एकदम सामान्य होटल में रुकने की आदत खत्म हो चुकी है। सच तो यह है कि जीवन को जैसा बना लो। वैसे, वर्तमान की आवश्यकता और भविष्य की कोई योजना न होने पर, पैसे सिर्फ बैंक में पड़े रहें तो भी व्यर्थ हैं। क्या अच्छे से घूमने में खर्च करना गलत होता है? शायद नहीं। मैं यह भी जानता हूँ, पढ़ रखा है, पर्यटकों के भी इसी कारण से कई वर्ग बन जाते हैं। या बना दिए जाते हैं। कुछ एक स्थान-वर्ग या शहर-प्रान्त से आनेवाले पर्यटक कंजूस माने जाते हैं। वरना अधिकांश सामान्य खर्च करनेवाले जबकि कुछ खर्चीले भी होते हैं। मैं किस वर्ग में स्वयं को रखूँगा, पता नहीं, मगर यात्रा सुविधाजनक और आरामदायक हो, अब ये मेरी जरूरत बन चुकी है।

ताज ग्रुप होटलों की खासियत है कि यह हर जगह बेहतरीन व विशिष्ट होते हैं। मगर सवाल उठता है कि इनमें स्थानीय स्थापत्य कला, संस्कृति व खान-पान का प्रभाव क्यों नहीं दिखता? और अगर इस बात का ध्यान रखा गया है तो वो उभरकर आना चाहिए। जो कम-से-कम यहाँ नहीं था। हो सकता है प्रकृति के सौन्दर्य के

बीच मानव निर्मित कलात्मकता फीकी पड़ गई हो। हाँ, कमरे खुले और सुविधापूर्ण थे। कमरे के पीछे, बाहर निकलने पर सुन्दर बगीचा, जहाँ से डल झील का सुन्दर नजारा दिखाई दे रहा था। अभी सुबह के नौ बजे थे। जबकि चेक-इन का समय आमतौर पर दोपहर बारह बजे होता है। सोचकर तो यह आया था कि सामान होटल के काउंटर पर रखकर गुलमर्ग के लिए सीधे निकल जाऊँगा। और फिर शाम को लौटकर कमरा ले लूँगा। अभी होटल का आवश्यक फार्म भर ही रहा था तो काउंटर वाले ने कहा कि आपका कमरा खाली है, आप चाहें तो कमरे में सामान रख सकते हैं।...चलो यह भी ठीक ही हुआ। इच्छा हुई तो कमरे में ही, गर्म पानी करके डिप-डिप चाय बनाई थी। साथ ही आगे के कार्यक्रम के लिए स्वयं को तैयार कर रहा था। तभी घंटी बजी थी। दरवाजा खोला तो सामने जावेद खड़ा था।

'आज का क्या प्लान है साहब?'

'बस थोड़ी देर में गुलमर्ग चलेंगे। शाम तक तो लौट आएँगे न?'

'हाँ हाँ आराम से, शाम को फिर यहाँ लोकल भी घूम सकते हैं।'

'अच्छा!...तो फिर ठीक है, थोड़ी देर में आता हूँ...' मैं हल्के से मुस्कुराया था। वो मुझे सकारात्मक लगा था।

'मैं गाड़ी के पास ही हूँ, मोबाइल पर फोन कर दीजिएगा।'

उसने अपना नम्बर मुझे मेरे मोबाइल में रिकार्ड करवाया था। उसके जाते ही मैं एक बार फिर चाय की चुस्की के साथ, कमरे के पीछे बैठकर डल को निहारने लगा था। चारों ओर पहाड़, ढलान पर हरियाली और चोटी पर बर्फ, ऊपर आसमान में बादल की टुकड़ियाँ। हल्की-सी धुँध, हवा में तैरती लग रही थी। अद्भुत दृश्य था। असीम शान्ति। ऐसे वातावरण में इन क्षेत्रों में लड़ाई-झगड़े-दंगे कैसे हो सकते हैं? पता नहीं, ये सवाल कैसे मन में उठा? जवाब तैयार था...मनुष्य हर जगह लड़ सकता है शायद स्वर्ग में भी। यहाँ से उठने का मन नहीं कर रहा था। मगर यह तो यात्रा की शुरुआत है। ऐसे न जाने कितने दृश्य देखने को मिलेंगे। और मैं कमरे से बाहर निकला था।

सामने पार्किंग में गाड़ी खड़ी थी। जावेद उसमें बैठा दिख रहा था। आगे बढ़ा तो वह मुझे देखकर गाड़ी से उतर चुका था। वहाँ पहुँचकर गाड़ी में पीछे बैठने लगा तो जावेद बोल उठा, 'अगर आप आगे बैठेंगे तो बक्केट सीट का मजा भी मिलेगा और नजारा भी देखने को मिलेगा, जो आप देखने आए हैं...' उसके प्रस्ताव को मैं ठुकरा नहीं पाया था। और मैं आगे की सीट पर बैठने के लिए आगे बढ़ा तो वो मुस्कुराकर दरवाजा खोल रहा था।...ठीक ही तो कह रहा है, कमाल की आरामदायक है आगे की सीट। और सामने से दृश्य...वाह क्या बात है, कितना खुला-खुला दिख रहा है।...सच मजा आ गया था। उसने मेरे गुस्से को, जो मैंने एयरपोर्ट पर दिखाया था, गम्भीरता से लिया है...मैं उसकी समझदारी से कुछ देर के लिए ही सही, प्रभावित

हुआ था।...बगल में आकर बैठा तो मैंने उसकी ओर देखकर हल्की-सी मुस्कुराहट दी थी, तब तक वो गाड़ी को गियर में डाल चुका था। हम आगे बढ़े थे।

गुलमर्ग

होटल के प्रांगण से निकलते ही गाड़ी ढलान पर उतर रही थी। सामने डल झील का मनोरम दृश्य है। यूँ तो होटल के कमरे से भी, डल झील दिखाई दी थी। मगर यह कुछ अलग था। असल में यह झील 18 वर्ग किलोमीटर में फैली और तीन तरफ से पहाड़ियों से घिरी हुई है। चौथी दिशा में भी पहाड़ी है मगर थोड़ा दूर। ऐसे में जिस भी जगह से देखो वह अपने नए स्वरूप में उपस्थित होगी। वैसे भी प्रकृति अपने आप को दोहराती नहीं है। हाँ, हम, मनुष्य, हर जगह किसी न किसी की नकल के प्रयास में रहते हैं। या फिर दूसरों को अपने जैसा बनाने के चक्कर में कोशिश करते रहते हैं। फिर चाहे वो होटल हो, भोजन हो, खाना-पहनावा हो, यहाँ तक कि संस्कृति और धर्म को भी सबके लिए एकरूप बना देना चाहते हैं। हमारी दुनिया की आधे से अधिक लड़ाई इसी एकरूपता के विस्तारवाद के कारण है।...चलो छोड़ो।...इस बीच जावेद ने म्यूजिक प्लेयर ऑन कर दिया था। मद्धिम संगीत और उसके बीच लता की सुरीली आवाज, कानों में रस घोलने लगी...और मैं डल को एक बार फिर निहारने लगा था। उसका सौन्दर्य नजदीक आने पर बढ़ता चला जा रहा था। जावेद ने मुख्य सड़क पर आकर गाड़ी बाईं ओर मोड़ी थी। अब हम डल लेक के बगल से चल रहे थे। बाएँ देखूँ या दाएँ? इस बात की भी मुश्किल हो रही थी। और कुछ ही देर में हम शहर के बीच से निकल रहे थे। यहाँ सड़क चौड़ी दिखाई दे रही थी। मुख्य मार्ग लगता है।

'रास्ते में जो भी महत्त्वपूर्ण हो थोड़ा बताते चलना।'

'जी।' उसने सिर हिलाया था।

मैंने आसपास नजर दौड़ाई, चारों तरफ से खुले-खुले दो-तीन मंजिलें मकान, जिनकी ऊपर की छत विशेष रूप से बनी हुई। ढलान वाली। बर्फ ऊपर न ठहर सके, यही कारण साफ नजर आता है।

'ये लालचौक है।'

'अच्छा! यही है, जिसकी चर्चा होती रहती है।' चारों तरफ एक कतार से दुकानें और बीच में घंटाघर। शहर का प्रमुख बाजार। अच्छी चहल-पहल थी।

'इसका नाम लालचौक... ?' उत्सुकता हुई थी जानने की, चूँकि टॉवर का रंग कहीं से भी, लाल नहीं कहा जा सकता।

'इसे कम्युनिस्टों द्वारा यह नाम दिया गया। उन्होंने यहाँ महाराजा हरीसिंह के खिलाफ आन्दोलन किया था।...बाद में यहाँ कई नेताओं की रैलियाँ हो चुकी हैं।'

'अच्छा...!' मैं हैरान हुआ था। यहाँ भारतीय तिरंगा झंडा फहराने को लेकर कई बार खबर पढ़ी है। मगर इस इतिहास को नहीं जानता था। कोई-कोई स्थान शहर की

पहचान बन जाते हैं। जबकि वहाँ ऐसा कुछ विशेष नहीं होता है। अब इसी चौक को देख लो, यह अन्य शहरों की तरह ही शहर के प्रमुख बाजार से अधिक कुछ नहीं मगर विवाद ने इसे कितना महत्त्वपूर्ण बना दिया।

आगे बढ़ने पर रास्ते में भीड़ मिली थी, यह शहर का पुराना इलाका होना चाहिए।

'इसे कमरवारी चौक कहते हैं। काफी पुराना चौक है।'

देखने से ही लग रहा था। और फलों की मंडी होते हुए हम आगे बढ़े तो दुकानें धीरे-धीरे नजर नहीं आ रही थीं। लगता है हम शहर से बाहर निकल रहे हैं। तभी रास्ते पर लगे ऊँचे साइन बोर्ड से पता चला कि हमारे आगे गुलमर्ग अभी 50 किलोमीटर है। साथ में अन्य प्रमुख शहरों के नाम भी थे। गुलमर्ग बारामूला जिले में आता है। यह कश्मीर का सबसे अधिक चर्चित पर्यटन स्थल है। इसे घाटी का स्वर्ग कहा जाता है। गाड़ी तेजी से आगे बढ़ रही थी। शहर पीछे छूट चुका था। चारों तरफ खुला मैदान, हरियाली और दूर खड़े पहाड़। छोटे-छोटे गाँव व कस्बे गुजर रहे थे। हाइवे पर लगाए गए मील के पत्थरों पर लिखे नामों से पढ़कर कुछ-कुछ जान पा रहा था। हम राष्ट्रीय राजमार्ग 1ए पर चल रहे थे।

'यह नरबल चौक है।'

मैंने देखा मकान पुराने और अधिकतर लकड़ी के बने हुए थे। रास्ता अच्छा नहीं कहा जा सकता, वहाँ गड्ढे थे। नरबल यहाँ की तहसील है। कुछ और आगे बढ़े तो आगे मगम आया था। यहाँ अच्छी चहल-पहल थी। बताया गया कि यह भी बड़गाम की तहसील है। और गुलमर्ग के लिए 'गेटवे'। यहाँ का बाजार अच्छा लग रहा था।

'यहाँ लोग चाय-पानी पीते हैं।' जावेद बता रहा था मगर हम बिना रुके आगे बढ़े थे। और तभी सड़क पर अच्छी चहल-पहल दिखी थी। मगम से दस मिनट का समय लगा होगा। कुंजर पहुँचकर जावेद ने गाड़ी एक दुकान के सामने रोकी थी।

'यहाँ से जैकेट और गर्मबूट ले लीजिए। किराए पर। वरना ऊपर बर्फ में कपड़े-जूते गीले हो जाएँगे।' मैंने गाड़ी से उतरकर दुकान के सामने टँगे जैकेटों को छूकर देखा, सब गीले थे, सीजन का समय है और एक पर्यटक के वापस करने पर इसके सूखने से पहले ही दूसरा ले जाता है। मैं गीले जैकेट को पहनने के लिए तैयार नहीं हो पा रहा था। जावेद मेरी मुश्किल समझ गया था। उसने कहकर मेरे लिए दुकान के अन्दर से एक सूखा जैकेट निकलवाया था। और मेरे जैकेट-बूट पहनते ही हम आगे बढ़े थे।

'ठंड में ज्यादा बर्फ हो जाए तो कई बार गाड़ियाँ यहीं रोक दी जाती हैं। आगे दूसरी गाड़ियों से फिर जाना पड़ता है।'

हम पहाड़ पर चढ़ना शुरू कर चुके थे। दोनों ओर अच्छी हरियाली थी। कहीं-कहीं बर्फ भी दिख जाती और कुछ ही देर में हम एक मैदान के पास पहुँचे तो वहाँ कई गाड़ियाँ कतार से खड़ी थीं।

'यह तंगमार्ग है। वैसे तो यहीं गाड़ी लगानी पड़ती है।'

'तो फिर...'

उसने गाड़ी में बैठे-बैठे किसी से बात की और गाड़ी आगे बढ़ा दी थी। कुंजर से बारामूला जिला लग जाता है जो एक ब्लॉक हेडक्वार्टर है। तंगमार्ग तहसील और एक बेहतरीन कस्बा है। बारामूला एक ऐतिहासिक स्थान है। सुना है, मुगल बादशाह इसी रास्ते से कश्मीर आते-जाते थे। यहाँ उनका प्रमुख पड़ाव होता था। वैसे यह नाम 'वराह' और 'मूल', दो संस्कृत शब्दों से मिलकर बना; अर्थात इसका अस्तित्व पौराणिक है। भगवान विष्णु ने वराह अर्थात सूअर का रूप धारण कर सतिसर झील में छिपे राक्षस का वध किया और फिर वराहमूल के स्थान से, पहाड़ को काटकर, झील का पानी निकालकर, कश्मीर घाटी बनने का रास्ता प्रशस्त किया।

मैंने चारों तरफ नजर दौड़ाई, आसपास पहाड़ थे। सामने बर्फ नजर आ रही थी। होटल, रेस्टोरेंट और भी कई सुविधाएँ पर्यटकों के लिए दिख रही थीं। थोड़ी दूर चलने पर हम गुलमर्ग पहुँच गए थे। चारों ओर भीड़ थी। जावेद ने अपनी गाड़ी एक किनारे लगाई तो बगल में सामने एक मन्दिर दिखाई दिया था।

'यहाँ का फेमस शिव मन्दिर है। इसे रानी या महारानी मन्दिर भी कहते हैं। इसे महाराजा हरीसिंह की तीसरी महारानी ने बनवाया था। यहीं, 'जय-जय शिवशंकर' गाना राजेश खन्ना और मुमताज ने गाया था।'

मैं उसकी बात सुनकर पहले तो मुस्कुराया और फिर अन्दर मन्दिर में प्रवेश किया था। यह मन्दिर छोटा मगर साफ-सुथरा था। भगवान के दर्शन करके वापस आया तो सामने कुछ दूरी पर चर्च और मस्जिद दिखाई दिए थे। अब हम आगे केबिल कार की टिकट लेने चल पड़े थे। हम दूसरी मंजिल तक केबिल कार से जाएँगे, मैंने उसे पहले ही कह दिया था। गोंडोला राईड, गुलमर्ग का प्रमुख आकर्षण, यहाँ का केबिल कार सिस्टम है। यह दुनिया की दूसरी सबसे ऊँची केबिल कार व्यवस्था है। दोनों मंजिल की कुल लम्बाई पाँच किमी लम्बी है। गुलमर्ग (2600 मीटर) से कौंगडोरी और कौंगडोरी से अफरवट। सबसे ऊपर की मंजिल से आप आसपास के हिमालय पर्वत और विशेष रूप से स्थानीय गाँव को देख सकते हैं। कौंगडोरी का गोंडोला स्टेशन 3747 मीटर और अफरवट 4200 मीटर पर है। कौंगडोरी पहाड़ है जिसके पीछे, ऊपर की दिशा में अफरवट एक पर्वत शिखर है।

जावेद मेरे लिए विशिष्ट हो रहा था। उसने हम तीन के लिए एक अलग से केबिल कार कर ली थी। तीसरा व्यक्ति स्थानीय गाइड था। वह जावेद का जानने वाला था। उपरोक्त जानकारी उसी से मिल रही थी। हम जैसे ही केबिल कार से ऊपर चढ़ने लगे, मैं मन्त्रमुग्ध होने लगा था। मुझे उस गाइड की बात अब कम सुनाई पड़ रही थी। सूचना और जानकारी, इस वक्त मेरे लिए महत्त्वपूर्ण भी नहीं थी। नीचे हरियाली ऊपर बर्फ की घाटी में लोहे की रस्सीनुमा केबिल के सहारे ऊपर चढ़ना,

अद्भुत अनुभव है। पहले स्टेशन पर पहुँचते-पहुँचते मैं पूरी तरह प्रकृति के सौन्दर्य में डूब चुका था।

'हम पहले, सीधे दूसरी मंजिल पर चलते हैं और फिर उतरकर यहाँ कुछ देर रुकेंगे।' जावेद ने प्रथम मंजिल पर पहुँचकर मुझे कहा तो मैं उस वक्त खोया हुआ था। पता चला कि कई बार ऊपरी मंजिल का गोंडोला (केबिल कार), ज्यादा बर्फ गिरने पर बन्द कर दिया जाता है। वैसे भी कम ही लोग ऊपर तक जा रहे थे। इसीलिए दूसरी मंजिल पर जाने के लिए हमें केबिल कार जल्दी मिल गई थी। दूसरी मंजिल पर जाने के दौरान मुझे लगा कि मैं दुनिया से दूर किसी सपनों की दुनिया में पहुँच रहा हूँ। चारों ओर सफेद चादर और असीम शान्ति। ऐसा लगा कि मानो पृथ्वी यहाँ श्वेताम्बर हो गई है। यह अद्भुत था। गाइड की आवाज हल्की सुनाई दे रही थी...'इसे फूलों की वादी कहते हैं', कहते होंगे यह तो स्वर्ग की वादी है। मेरी स्वर्ग यात्रा का पहला लोक। गाइड आगे कह रहा था...'यह पहले गौरीमर्ग के नाम से जाना जाता था। जिसे बाद में कश्मीर के राजा यूसुफ शाह ने इसकी खूबसूरती और शान्त वातावरण में डूबकर नया नाम गुलमर्ग रख दिया था।'...राजा का क्या तर्क था? क्या दृष्टि थी और वह कितनी उचित थी? मेरे लिए कोई मायने नहीं रखता। मगर उन चरवाहों से मैं अधिक सहमत था जिन्होंने इसे गौरीमर्ग पुकारा था। गौरी अर्थात भगवान शिव की पत्नी...ठीक तो है, इसे किसी दिव्य नाम से जोड़कर ही देखा-कहा जा सकता है। गौरीमर्ग अर्थात गौरी का मार्ग। स्थानों के नामों में सीधे-सीधे एक इतिहास होता है। शब्दार्थ में भावार्थ ही नहीं, एक पूरा काल व कथा छिपी होती है।

मैं दूसरी मंजिल पर पहुँचकर कुछ भी कहने-बोलने और सुनने की स्थिति में नहीं था। सारी इन्द्रियाँ सिर्फ आँखों पर केन्द्रित थीं। बर्फ से ढँके इस क्षेत्र में भी ठंड का अहसास नहीं हो रहा था। गाइड की बातों को जावेद के लिए छोड़कर मैं केबल के दूसरे तल स्थित अफरवट स्टेशन से निकलकर, धीरे-धीरे बर्फ पर टहलते हुए थोड़ा आगे निकल गया था। साथ ही चारों ओर देख रहा था। मन्त्रमुग्ध। शान्ति बाहर ही नहीं भीतर भी प्रवेश कर रही थी। फलस्वरूप चेतना जाग्रत हुई थी। मन स्थिर और विचारशून्य हो चुके थे। और मैं इस पल को समेट लेना चाहता था। एक ऐसा समय जब शब्द और उसकी व्याख्या कोई मायने नहीं रखते। बस यही कहा जा सकता है कि स्वर्ग तो किसी ने देखा नहीं, वो अगर है तो इसका ट्रेलर यही होना चाहिए।

यहाँ से वापस जाने का मन नहीं कर रहा था। एक समय के बाद वैसे भी यहाँ से लौटना जरूरी हो जाता। एक टाइम के बाद केबिल कार बन्द कर दी जाती है। मैं, मन मारकर वापसी के लिए केबिल कार में बैठा था। प्रथम तल स्थित कौंगडोरी स्टेशन पहुँचकर बाहर निकला तो यहाँ थोड़ी भीड़ थी। मगर भीड़ मुझे प्रभावित नहीं कर पा रही थी। यहाँ भी मैं धीरे-धीरे चहलकदमी करने लग गया था। यहाँ भी बर्फ थी। जो अधिक गर्मी में कुछ कम हो जाती है। थोड़ा चलने पर, सामने कुछ दुकानें कतार से

लगी हुई थीं। उनके पीछे बर्फीला पहाड़ था। जावेद ने एक दुकान के सामने की कुर्सी पर मुझे बिठाया था। मैंने गर्म-गर्म कॉफी के लिए उससे कहा था। जावेद ने पूछा तो मैंने 'मैगी' खाने के लिए भी हामी भर दी थी। 'मैगी' तो वर्तमान युग की देन है। पहले यहाँ पर्यटकों को क्या मिल पाता था ? जानने पर पता नहीं चल पा रहा था। हम निकट भूत की बातें नहीं जानते और अति प्राचीन काल पर अपना-अपना दावा ठोकते हैं। हास्यास्पद है। खानपान से हम उन दिनों की जीवनशैली को जान सकते हैं। उसकी कल्पना कर सकते हैं। आम लेखक इसी को जानना चाहता है। लेकिन ऐसा करने में, अधिकांश इतिहासकार वर्तमान के हित साधने से बाज नहीं आते। हिन्दुस्तान पर शासन करने आए हर शासक ने यहाँ के इतिहास से खिलवाड़ किया है। जो अब हम सुनते-पूछते हैं, वो कितना तोड़ा-मरोड़ा और अर्धसत्य होगा, इसने हमारे कितने विचार, विश्वास को दूषित किया होगा, सोचकर ही बेचैनी होती है।

जावेद और गाइड थोड़ी दूरी पर बैठकर, बातचीत करते हुए खा-पी रहे थे। मैं बर्फ के ऊपर कुर्सी डाले, बैठे-बैठे चारों तरफ फैले बर्फीले दृश्य को निहार रहा था। आसपास के पर्यटक मेरे लिए अस्तित्वहीन थे। मैं स्वयं को बर्फीले पहाड़ों की गोद में पा रहा था। न जाने कितनी फिल्मों की शूटिंग यहाँ हो रखी है। ठीक ही तो है, प्रेम और रोमांस के लिए, क्या इससे बेहतर कोई स्थान हो सकता है ? लेकिन तभी एक और सवाल अचानक मन में उठा था कि क्या कैमरे इस दृश्य के साथ न्याय कर पाते हैं ? यह सोचकर ही मैंने लम्बी साँस ली थी। सामने गोंडोला का स्टेशन दिख रहा था। लोग आ-जा रहे थे। स्पीकर से उद्घोषणाएँ हो रही थीं। दोपहर के बाद ऊपर दूसरी मंजिल पर जाने का समय खत्म हो जाता है। और नीचे जाने के लिए भी बार-

बार आग्रह किया जाता है। यहाँ रात को रुकना सम्भव भी तो नहीं। वापसी में, गोंडोला में चढ़ने से पहले मैंने चॉकलेट खरीदी थी। यह तुरन्त ऊर्जा के लिए उपयोगी होती है। शायद तभी यहाँ खूब बिकती है। नीचे पहुँचकर मैंने गाइड को अपनी तरफ से पैसे दिए तो वह खुश हुआ था। अब हम श्रीनगर लौट रहे थे, मैं गाड़ी में एकदम चुप और शान्त था। गुलमर्ग आँखों से दिल में उतरा हुआ था।...ये क्या! अभी तो ऐसे कई नजारे देखने को मिलेंगे। आगे। यह तो स्वर्ग यात्रा का एक लोक है। वापसी में लता के रोमांटिक गानों का साथ अच्छा लग रहा था। कोई और गीत-संगीत होता तो शायद मैं बन्द करवा देता।...रिम झिम गिरे सावन, सुलग सुलग जाए मन...गीत-शब्द मन को प्रेममुग्ध कर रहे थे और मैं पूरे रास्ते गुलमर्ग की वादियों में घूमता रहा...

डल झील

श्रीनगर जल्दी पहुँच गए थे। जावेद गाड़ी तेज चलाता है। मगर अब तक सुरक्षित और संयमित चालक लगा था। अभी शाम नहीं हुई थी। पहले डल लेक घूमने का मन कर रहा था। हमने एक शिकारा किराए पर लिया था। डल के बीच स्थित चार चिनार का टापू देखकर वापस लौटने का रेट पहले ही तय कर लिया था। एक शिकारे वाला आगे और एक पीछे बैठकर चप्पू चला रहे थे। पीछे वाला साथ-साथ कहानियाँ सुना रहा था। उसमें वर्तमान काल चटपटे अन्दाज में प्रस्तुत था। फिल्में और उनकी शूटिंग के किस्से। इससे पता चलता है कि आम पर्यटक क्या सुनना पसन्द करता है। उसकी भाषा में अंग्रेजी के शब्द सहज थे। आपसी मेलजोल और रोटी कमाने के लिए कोई भी कुछ भी कितना जल्दी सीख जाता है यह प्रमाण है। मगर ये पौराणिक कहानियाँ क्यों नहीं सुनाते ? वो भी कम रोचक तो नहीं ? शायद धर्म जाने-अनजाने आड़े आता है। पूछने पर उसने कश्यप ऋषि का नाम तो लिया था, मगर आगे कुछ खास नहीं बता रहा था। मैंने दूर हो रहे तट पर निगाह डाली थी। यूँ ही, जावेद को देख रहा था। उसने मुझे शिकारे में अकेले ही जाने के लिए कहा था। और मैं मान भी गया था। वो थोड़ी देर शायद सुस्ताना चाहता है।

हम कुछ ही देर में डल के बीचोबीच स्थित टापू पर पहुँच गए थे। छोटा-सा जमीन का टुकड़ा। प्राकृतिक। किनारों पर चिनार के वृक्ष। चारों ओर पानी ही पानी। हवा में ठंडक साथ-साथ तैर रही थी। हर एक दिशा का दृश्य अद्‌भुत था। तभी कल्पना करने लगा कि इस झील के पानी का स्तर और ऊपर तक हो सकता है क्या ? सुना है पौराणिक काल में झील 1200 फीट ऊपर तक थी। चारों तरफ के पहाड़ों के बीच का यह स्थान एक कटोरे की तरह है जिसमें कभी पानी लबालब भरा हुआ था। कहते हैं कि इन पहाड़ों के शिखर तक पानी होने के प्रमाण आज भी मौजूद हैं। कल्पना लोक से लौटकर वापस आया तो पाया कि डल को साफ किया जाना चाहिए। झील अपने वर्तमान पर गर्व नहीं कर सकती। उसका ठहरा पानी गन्दा

दिखाई पड़ रहा था। वापसी में भी शिकारा वाले ने बात जारी रखी थी। कई फिल्मों के नाम गिना रहा था, जिनकी शूटिंग यहाँ हुई है। मैं एक बार फिर इस बात को लेकर हैरान था कि हम नकली नायकों की चर्चा, इतना अधिक क्यों करते हैं? यह काल फिल्मी नायकों से इतना प्रभावित क्यों है? जबकि यह भूमि दुनिया की अति प्राचीन सभ्यता की जन्मस्थली तो है ही, न जाने असंख्य ऐतिहासिक नायकों से भरी पड़ी है। मैं डल लेक से निकलकर पास स्थित नागिन लेक गाड़ी से गया था। यह डल लेक का ही हिस्सा है। इसका दक्षिण शंकराचार्य हिल से घिरा हुआ है तो पश्चिम की ओर से हरी पर्वत ने घेर रखा है। कश्मीर घाटी में और भी कई झीलें हैं। ये इस बात को आधार देती हैं कि किसी युग में यह पूरा इलाका झील होगा। पौराणिक कथाएँ प्रतीक रूप में बहुत कुछ कह देती हैं।

हरी पर्वत के ऊपर किले की दीवारें दिखाई दे रही थीं। जहाँ अकबर ने किला और नगर बसाने की कल्पना की थी मगर फिर योजना क्रियान्वित नहीं हो पाई। दीवारों से सभ्यताओं–संस्कृति से लेकर नगर–राष्ट्र को घेरने से बचाने के उदाहरण इतिहास में कई मिल जाएँगे। चीन की दीवार इसी का एक उत्तम उदाहरण हो सकती है। यह हमारी मानसिकता प्रदर्शित करता है। सच तो यह है कि यह हमारे डर का प्रतीक है। हरी पर्वत कश्मीरी पंडितों के लिए पवित्र है। यहाँ पुरातनकाल से माँ शारिका का मन्दिर है। ये ईष्ट देवी हैं। कालान्तर में यहाँ दूसरे धार्मिक स्थल भी बनाए गए। यहाँ स्थित गुरुद्वारा और मखदूम साहिब श्राइन भी अति महत्त्वपूर्ण और पवित्र माने जाते हैं। यहाँ से सम्पूर्ण श्रीनगर और डल झील का विहंगम दृश्य दिखता है। कहा तो यह भी जाता है कि इसी स्थल पर सम्राट अशोक ने श्रीनगरी बसाई थी। जो बाद में चारों तरफ फैल गई होगी। यह भी इस बात को आधार देता है कि उन

दिनों मात्र हरी पर्वत ऊँचाई के कारण रहने योग्य होगा, जिसके चारों तरफ पानी था। हो सकता है तब तक पानी इतना ही नीचे उतरा हो। कल्पनाओं से भूतकाल रोमांचित होता है। और यही कभी-कभी भू-वैज्ञानिकों की खोज का आधार भी बन जाते हैं।

मुगल बाग

मुगल काल, आधुनिक हिन्दुस्तान में, महलों और किलों के विशिष्ट स्थापत्य के माध्यम से आज भी उपस्थित है। इस सूची में खूबसूरत बागों के नाम भी जोड़े जाने चाहिए। मुगल बागों का नाम आते ही कश्मीर ध्यान में आता है। श्रीनगर की यह पहचान है।

गर्मियों में, यहाँ भी सूरज देर से जाता है। अभी शाम हुई थी। हाँ, अँधेरा आने को तैयार खड़ा था। मैं निशात गार्डन और शालीमार बाग की ओर बढ़ा था। ये डल के पास, मुगल काल के प्रतीक के रूप में पर्यटकों के आकर्षण के केन्द्र हैं। इनका भी एक मुगलकालीन इतिहास है। बहरहाल, मैंने पहले चश्मेशाही देखने का निर्णय किया था। यह भी पास ही है। यह भी मुगल स्थापत्य का एक बेहतरीन नमूना है। यहाँ बनाए गए तमाम मुगल बाग में यह सबसे छोटे आकार का है। शाहजहाँ के शासनकाल में, उनके गवर्नर द्वारा एक विशिष्ट चश्मे के चारों ओर इसका निर्माण कराया गया। यह सम्राट द्वारा अपने सबसे बड़े बेटे दारा शिकोह के लिए बनवाया गया था। दारा शिकोह विद्वान लेखक और दार्शनिक था। उसने बाग के पास ही परीमहल का निर्माण करवाया। ज्ञान प्राप्ति का स्थान। तभी यहाँ प्राकृतिक सौन्दर्य के साथ-साथ अध्यात्म के दर्शन भी होते हैं।

शालीमार यहाँ सबसे बड़ा मुगल बाग है। यह तीन भाग (छत, एक के पीछे दूसरा ऊँचाई पर) में बना है। पहला दीवान-ए-आम, जनता के लिए। दूसरे तल पर दीवाने-ए-खास। तीसरा तल राजपरिवार के लिए। चिनार और कई विशिष्ट पेड़-पौधों से हरा-भरा। इसकी खूबसूरती का अन्दाज इसी बात से लग जाता है कि कश्मीर के हर शासक ने इसे और अधिक सुन्दर बनाने में अपना योगदान दिया और यह हर काल में नए-नए नाम से जाना गया। जहाँगीर ने तो यहाँ अपनी बेगम के साथ कई बार प्रवास किया।

श्रीनगर स्थित सभी बागों की अपनी-अपनी खूबसूरती है तो इन सभी में समानता भी है। जो इनको एक वर्ग में रखती है। ये सभी बेहद खूबसूरत हैं। और हों भी क्यों न ? इतनी खूबसूरत जगह पर प्रेम के लिए प्रेमपूर्वक बनाए गए हैं। शालीमार बाग जहाँगीर द्वारा महारानी नूरजहाँ के लिए बनाया गया, वहीं निशात और चश्मेशाही शाहजहाँ के शासनकाल में बनाए गए। इतिहास को कुरेदें तो इन्हीं स्थानों पर, और पुराने बगीचों का नाम सुनाई पड़ता है जो समय के साथ मिट्टी में मिला दिए गए। शालीमार बाग के स्थान पर दूसरी शताब्दी में यहाँ के राजा ने यहाँ एक बाग का

निर्माण करवाया था जो कालान्तर में नष्ट हो गया। वहीं चश्मेशाही स्थित झरने को एक सन्त से जोड़ा जाता है।

मैं देर शाम वापस होटल पहुँचा तो थक चुका था। चाय बनाने का भी मन नहीं था। रूम सर्विस वाले को बुलाया था। बातचीत में पता चला कि उसका कुलनाम (सरनेम) भट्ट है, एक कश्मीरी पंडित। तभी मेरे मन में सवाल उठा कि कश्मीर का नाम आते ही कश्मीरी पंडित का जिक्र आता है मगर कश्मीरी वैश्य, कश्मीरी क्षत्रिय या इसी तरह से अन्य जातियों की चर्चा कभी सुनी नहीं। क्या कश्मीर में सभी हिन्दू पंडित होते हैं? सवाल सटीक हो तो जवाब कई गुत्थियाँ खोल देते हैं। चाय बनाने में सहयोग और साथ में बातचीत। स्थानीय जानकारी इस स्तर पर सबसे अधिक वो भी आसानी से मिल जाती है। हाँ, इतिहास बोध थोड़ा कम होता है। मगर इतिहास तो विद्वान और बुद्धिजीवी भी अपने हिसाब से बनाते और बताते हैं। फिलहाल बातचीत से यह पता चला कि कश्मीर में अन्य जातिसूचक कुलनाम होते ही नहीं। तो क्या कश्मीर जातिविहीन समाज है? यह बहुत हद तक सच है। और यह इस बात को भी प्रमाणित करता है कि वैदिक काल में हिन्दू जातिविहीन था। शब्दों में प्रामाणिक इतिहास निहित होता है। 'पुराण' का अर्थ है 'प्राचीन आख्यान' या पुरानी कथा। हिन्दुओं के ब्रह्मपुराण में ब्राह्मण की परिभाषा दी गई है। हर वो व्यक्ति जो ज्ञानी या ज्ञान पाने का इच्छुक हो। यह कोई भी हो सकता है। और कश्मीर में सभी ब्राह्मण कहलाए। कालान्तर में भट-भट्ट-बट में से कई ने इस्लाम धर्म स्वीकार कर लिया। इसीलिए ये सरनेम इस क्षेत्र के मुस्लिमों में भी पाए जाते हैं। पता चला कि भाषा कश्मीर के पंडितों और मुसलमानों की बहुत हद तक एक-सी है। कश्मीरी भाषा का स्थानीय नाम कॉशुर है। बस लिपि का फर्क है। कश्मीरी पंडित पहले शारदा और अब देवनागिरी जबकि मुस्लिम फारसी-अरबी लिपि का इस्तेमाल करते हैं।

इतनी प्राचीन और समृद्ध सभ्यता है तो इसका इतिहास भी लम्बा और घुमावदार होगा। इतनी आसानी से नहीं समझा जा सकता। और फिर थकावट भी हो रही थी। कल अनन्तनाग जाने का प्रोग्राम था। उसके पहले शंकराचार्य मन्दिर। खाना खाने के बाद बिस्तर पर लेटते ही नींद ने अपने आगोश में ले लिया था। सपनों की दुनिया में सोने का आनन्द ही कुछ और था।

दूसरा दिन

शंकराचार्य मन्दिर

शंकराचार्य मन्दिर, श्रीनगर की शंकराचार्य पहाड़ी पर स्थित है। वस्तुतः यह शिव मन्दिर है। सुबह-सुबह दसियों सीढ़ियाँ चढ़कर यहाँ पहुँचा था। देखते ही कहा जा सकता है कि यह अति प्राचीन है। कहते हैं 2000 ईसा पूर्व का है। कहा जाता है कि 400 ई. पूर्व राजा गोपादित्य ने इसे पुनः बनवाया था। कुछ लोगों का मत है कि यहाँ बुद्ध धर्म का स्मारक भी था जिसे सम्राट अशोक के पुत्र झलोका ने बनाया था। वैसे राजा ललितादित्य ने शिव मन्दिर को भव्य रूप दिया था। कइयों का मत है कि यह पौराणिक है करीब 5000 वर्ष पुराना। जिसे फिर कई राजाओं ने समय-समय पर सुधार और बदलाव किए। यहाँ आदि शंकराचार्य ने कई साल निवास किया। उस दौरान सनातन धर्म का प्रचार-प्रसार हुआ। यहाँ शिवलिंग है। इसीलिए इसे शिव मन्दिर या ज्योतेश्वर मन्दिर भी कहा जाता है।

अनन्तनाग, सूर्य मन्दिर

अब हम सनावर चौक होते हुए अनन्तनाग के लिए रवाना हुए थे। यही रास्ता आगे जम्मू तक जाता है। रास्ता बहुत खराब था। पान्था चौक से बाहर निकले तो पहले पम्पोरे, फिर अवन्तिपुर। यह राजा अवन्ति की राजधानी थी। यहाँ आज भी प्राचीन मन्दिरों के अवशेष मिल जाते हैं। फिर सनगम और आगे बिजबेहरा पड़ा था। सनगम क्रिकेट खेल के बल्ले के लिए जगतप्रसिद्ध है। यह कश्मीर की स्थानीय लकड़ी से बनता है। इन कस्बों के बाद खनाबल से एक रास्ता अनन्तनाग जाता है। रास्ते में अच्छा ट्रैफिक था।

अनन्तनाग अर्थात अनगिनत पानी के चश्मों, जल स्त्रोतों का स्थान। कश्मीरी भाषा में नाग का अर्थ चश्मे, जलस्त्रोत, झरना आदि होता है। यहाँ कई जलस्त्रोत आज भी महत्त्वपूर्ण और दर्शनीय हैं। कहा जाता है कि अनन्तनाग, दुनिया में, मानव के रहने का प्राचीनतम स्थान है। तकरीबन 5000 साल ईसा पूर्व। इसे सबसे पुराना विश्व का शहर, कस्बा, गाँव कह सकते हैं। यह आज भी यहाँ के व्यापार का केन्द्र है। अति महत्त्वपूर्ण नगर, इतिहास में भी और वर्तमान में भी। आगे पाँच मिनट के रास्ते पर, 'मटन' में सूर्य मन्दिर है। जिसे देखने के लिए मैं उत्सुक था। इसे मार्तंड मन्दिर भी कहते हैं। अब यह खँडहर हो चुका है। मगर अवशेष प्राचीन सभ्यता को बताने के लिए काफी हैं। हिन्दू सभ्यता में, प्रकृति की उपासना का, इसे प्राचीन व प्रामाणिक प्रतीक कह सकते हैं। इसी तरह का मन्दिर कोणार्क में भी है। स्थापत्य के लिहाज से भिन्न, मगर मूल विचारों में समानता। नदी, पर्वत, सागर, वायु, सूर्य सभी को ईष्ट मानकर, हमने उनकी पूजा की। ये हमारे अस्तित्व का आधार हैं। ऐसी ही भावना को लेकर बिहार राज्य में छठ पूजा की जाती है। एक प्रतिष्टित व पवित्र सूर्य उपासना, हमारी सभ्यता व संस्कृति के सिद्धान्तों को प्रदर्शित करने के लिए काफी है।

यह सम्पूर्ण क्षेत्र शिव-पार्वती की पौराणिक कथाओं से भरा पड़ा है। यहाँ नाग-शैव, बौद्ध सभी आए और फले-फूले। प्राचीन काल से हिन्दू सभ्यता में बहुदेववाद का प्रचलन और उस पर विश्वास को प्रदर्शित किया जाता है। यह धर्म का स्वर्णिम काल था। बाद में आए एकदेववाद ने इसे स्वीकार नहीं किया। नया सदा पुराने को विस्थापित कर ही स्वयं को स्थापित कर पाता है। मगर मध्ययुग में धर्म के विस्तारवाद ने दुनिया में मार-काट मचाई और पुरानी सभ्यता-संस्कृति को नष्ट किया। इसका लिखित इतिहास अति भयावह है। धर्म से अधर्म। यह सिलसिला आज इतने वर्षों बाद भी जारी है। यह अपने विकराल और विकृत रूप में पूरे समाज के अस्तित्व पर संकट के रूप में उपस्थित है। इसने पहले भी खूब तोड़फोड़ की है। कई प्रतीक तो मिट्टी में मिल गए और इतिहास दफन हो गया। यह सूर्य मन्दिर इतना भी कैसे बच गया ? मन के भीतर से सवाल उठा था। शायद इसके पीछे भी कोई शक्ति हो। सुना है, इसके आसपास कई और भवन व मन्दिर थे, जो पूरी तरह नष्ट कर दिए गए।

कोशिश तो इसके साथ भी हुई होगी, जो दिखाई देती है। ऐसा नहीं कि यह मध्ययुग में ही हुआ। आज तथाकथित आधुनिक युग में भी ऐसी घटनाएँ हो रही हैं। लेकिन फिर भी मानव सभ्यता की यात्रा जारी है। इसे इतिहास से अधिक प्रकृति के रहस्य के रूप में लिया जाना चाहिए। सच तो यह है कि सब कुछ इनसान के नियन्त्रण में नहीं है।

पहलगाम

हम पहलगाम के लिए निकल पड़े थे। पहलगाम लिद्दर नदी के किनारे एक विख्यात पर्यटन केन्द्र है। वहाँ पहुँचने पर देखा कि यहाँ बेहद खूबसूरत घास का मैदान है। यहाँ भी कई फिल्मों की शूटिंग हो चुकी है। जो कि यहाँ देखकर समझ आ जाता है कि क्यों हुई होगी। यह चारों तरफ से खुली घाटी है। गर्मियों में दूर-दूर तक हरियाली, घने जंगल और ऊपर शिखर पर बर्फ। एक फिल्म 'बेताब' के ऊपर तो एक घाटी का नाम भी रख दिया गया। यह पहलगाम से आगे 15 किलोमीटर पर है। यहीं से एक रास्ता आगे अमरनाथ के लिए चला जाता है। थोड़ी दूरी पर ही चन्दनवाड़ी है जहाँ से अमरनाथ यात्रा प्रारम्भ होती है। आगे फिर शेषनाग, पंचतरणी फिर अमरनाथ की पवित्र गुफा। इस रास्ते से भी कई तीर्थयात्री भोले बाबा के दर्शन के लिए जाते हैं।

पहलगाम गुलमर्ग से अलग है। यहाँ हरियाली और श्वेत रंग का मिश्रण है। प्रकृति भी कैसे-कैसे रंग-रूप में प्रस्तुत होती है। यकीनन यहाँ आकर किसी का भी मन प्रफुल्लित हो सकता है। पर्यटक खुले मैदान में चहलकदमी कर रहे थे जबकि मैं प्रकृति के बीच तैर रहा था।

वापसी में वेरीनाग होते हुए लौटे थे। जमीन से पानी का स्रोत निकलता है। बुलबुलों की तरह। निरन्तर। जो आगे जाकर नदी का रूप ले लेती है। यही झेलम है। यहाँ यह विश्वास करना मुश्किल होता है कि यह वही झेलम है जो श्रीनगर होते हुए आगे पाकिस्तान में चिनाब से मिल जाती है जो फिर आगे सतलुज के साथ मिलकर पंचनाद नदी कहलाती हुई, अन्त में सिन्धु नदी से मिलती है। वेरीनाग में, झेलम के स्रोत पर, पत्थरों का एक सुन्दर ढाँचा बना है और आसपास भव्य बगीचा है। इसे पहले जहाँगीर और फिर शाहजहाँ ने बनवाया था। यहाँ आने का एक मकसद यह भी था कि यह पार्वती और शिव से सीधे सम्बन्धित है। ऋषि कश्यप के अनुरोध पर, कश्मीर घाटी को पिशाचों और बुरी आत्माओं से मुक्त कराकर शुद्ध करने के लिए, देवी पार्वती ने यहाँ नदी का रूप धारण किया। स्वयं शिव ने उन्हें वितस्ता नाम दिया। झेलम नदी का जिक्र वितस्ता नाम से ऋग्वेद में कई बार आया है। एलेक्जेंडर (सिकन्दर) के कारण यह ग्रीक में भी देवी रूप में पूजी जाती है।

दिन में जावेद ने पहलगाम में मुस्लिम कश्मीरी भोजन खिलाया था। यह एकदम भिन्न और बेहतरीन स्वाद वाला था। इन कश्मीरी व्यंजनों को वाजवान नाम क्यों और कब दिया गया, शोध का विषय है। यह पकवान चाइनीज, दक्षिण भारतीय व्यंजनों की तरह, अन्य जगह क्यों नहीं खाए जाते, यह एक पहेली है। इनमें रोगन जोश, गुस्ताबा, रिस्ता, तबकमाज, डनवेल कोरमा, अबेगोस, और मरचेवंगन कोरमा व कबाब प्रमुख था। मैंने होटल में खाना परोसने वाले व्यक्ति से जानकारी ली थी। अधिकांश व्यंजन में, मीट को कूटकर फिर मसाला डालकर पकाया जाता है। इसे पचाने के लिए मजबूत पाचन-शक्ति चाहिए। ठंड में यह ऊर्जा देता होगा और पचाने में आसान होगा, यही माना जा सकता है। रोजमर्रा के खानपान और आम वस्त्रों में, कश्मीरी पंडित और मुसलमान में बहुत अधिक समानता है। और यह स्वाभाविक भी है। स्थानीयता व संस्कृति दो धर्मों को जोड़ती है। किसने किससे लिया और क्या दिया, कह पाना मुमकिन नहीं होता। यह आवश्यक भी नहीं। हाँ, संस्कृति और सभ्यता के विकासक्रम को इससे समझा जा सकता है। कश्मीरी मुस्लिम जहाँ गुस्ताबा रिस्ता खाते हैं, वहीं आकार में भिन्न 'मत्स', कश्मीरी पंडितों के व्यंजन का नाम है। साथ में 'कली' भी विशेष रूप से खाया जाता है जो कि पीली ग्रेवी वाला मटन है। कश्मीरी पंडितों का 'कबरगाह' नाम का व्यंजन मुस्लिमों के 'तबकमाज' से मिलता-जुलता है। कश्मीरी विशिष्ट चाय 'कहवा' एकमात्र ऐसा गर्म पेय है जो घाटी के बाहर भी चर्चित और प्रचलित है। इस अति प्राचीन पेय को कई तरह से बनाया जाता है मगर आमतौर पर इसमें हर्बल पत्तियाँ, केसर और मेवा होता है। यह शक्तिवर्धक, पौष्टिक और भीषण ठंड में गर्माहट देता है। नीलमत पुराण के हिसाब से पौराणिक काल में, यहाँ चावल और मूंग से बनी खिचड़ी का प्रचलन घी के साथ खाने का था। उस काल में भी पूजा-उपासना के साथ उपवास अति महत्त्वपूर्ण था।

वापस श्रीनगर लौटने पर अँधेरा पसर चुका था। वैसे भी रास्ते में देखने के लिए कुछ विशेष नहीं है। सुबह पहलगाम जाते समय भी रास्ता इतना सामान्य और कई जगह से गड्ढों वाला मिला था कि यकीन करना मुश्किल था कि हम प्रसिद्ध पर्यटन स्थल पर जा रहे हैं। थकावट दूर करने के लिए कुनकुने पानी से स्नान किया और फिर हल्का भोजन लिया था। रात बिस्तर में लेटने पर सभ्यता व संस्कृति शब्द तंग करने लगे थे। 'सभ्यता' शब्द 'सभ्य' से बना है। मानव के सभ्य समाज की परिकल्पना ने 'सभ्यता' शब्द को जन्म दिया। 'संस्कृति' 'संस्कृत' शब्द से बनी है, अर्थात अलंकृत करना बेहतर बनाना। संक्षिप्त में कहें तो सभ्यता और संस्कृति शब्द एक-दूसरे के पूरक हैं। सभ्यता को सुसंस्कृत करने के लिए संस्कृति। सवाल उठ रहा था कि इन शब्दों के अर्थ से हम आधुनिक काल में कितना दूर हैं?

तीसरा दिन

श्रीनगर से सोनमर्ग

कश्मीर, एक लोक देख चुका था। यह कहना शायद उचित होगा कि प्रकृति के इस लोक को निहारने के लिए पूरी जिन्दगी छोटी पड़ सकती है। लेकिन फिर एक जगह ठहरना भी तो जीवन के नियम के विपरीत होता। चलना ही तो जिन्दगी है। और फिर मैं तो स्वर्ग की यात्रा पर निकला था। अभी तो ईश्वर के कई रूप-रंग देखना बाकी है। यह तो शुरुआत है। हाँ, आज की यात्रा थोड़ी लम्बी है। तैयारी कोई विशेष नहीं, कुछ नमकीन और बिस्किट खाने के लिए रख लिये थे। रास्ते में कुछ मिले न मिले, अन्देशा था। नाश्ता डटकर किया, पूरा सामान बाँधा और ट्रैक सूट पहनकर हम सुबह-सुबह होटल से निकले थे। कारगिल के लिए। स्वर्गयात्रा का यह मेरा तीसरा दिन था। होटल के प्रांगण से उतरकर इस बार दाहिनी ओर मुड़े थे।

मुख्य मार्ग पर, अभी कुछ फर्लांग आगे बढ़े ही थे कि जावेद बोल पड़ा,

'यह बाईं ओर कश्मीर विश्वविद्यालय है।'

'अच्छा!' और तभी मेरे मन में एक विचार प्रश्न बनकर जाग उठा था। क्या शिक्षा की आज यहाँ अधिक जरूरत नहीं? शायद उतनी नहीं, जितनी व्यावहारिक समझ की है। असल में हमारे विश्वविद्यालय अब गुरुकुल नहीं रहे। अब वे मानवीय रोबोट पैदा करने की फैक्टरी बन चुके हैं। इन्हें सफेद कॉलर वाले नौकर भी कह सकते हैं। या फिर पढ़े-लिखे गुलाम। असल में छात्रों को सभ्यता के 'सभ्य' और संस्कृति के 'संस्कृत' शब्द से परिचित नहीं करवाया जाता।

दस मिनट गुजरे थे कि सड़क के दोनों ओर मार्केट की चहल-पहल ने मेरा ध्यान आकर्षित किया था।

'यह गान्दरबल है।'

'अच्छा, वही, जहाँ से जनाब उमर अब्दुल्ला, यहाँ के मुख्यमन्त्री चुनाव लड़ते हैं।'

'जी...इनके पिता फारुख अब्दुल्ला...और दादा शेख अब्दुल्ला भी यहीं से लड़ते थे।'

'क्या ये लोग यहीं के रहने वाले हैं?'

'...अब ये तो पता नहीं। हो भी सकता है।...अच्छा! क्या आप कश्मीरी पंडितों का फेमस, खीरभवानी मन्दिर देखना पसन्द करेंगे?...बस थोड़ा मेन रोड से हटकर अन्दर जाना होगा।'

'कितना?'

'यही कोई पाँच मिनट का रास्ता है। आप दर्शन जरूर कर लीजिए। फिर हम वहीं से आगे जाकर इसी रोड पर मिल जाएँगे।'

मैंने तुरन्त हामी भरी थी और अपने मुस्लिम ड्राइवर को एक सेकंड के लिए देखा था। मैं हैरान था। यह देख-सुनकर कौन मानेगा कि यहाँ का स्थानीय मुसलमान हिन्दुओं को लेकर कट्टर है? माना कि जावेद अपना काम, पर्यटन के लिए कर रहा है और हर आनेवाले पर्यटक को इसी तरह घुमाता होगा। मगर चाहता तो कम-से-कम आज सीधे कारगिल के लिए भी निकल सकता था।

उसने गाड़ी मोड़ ली थी...कुछ ही देर में हम एक लोहे के अच्छे बड़े बन्द गेट के सामने रुके थे। गेट पर पुलिस वाला खड़ा था। अन्दर सामने पारम्परिक प्रवेशद्वार बना हुआ था। ऊपर बड़े-बड़े अक्षरों में मन्दिर का नाम लिखा हुआ था। बन्द गेट के ठीक बगल में, छोटा-सा एक पैदल रास्ता, अन्दर जाने के लिए बना हुआ था। और मैंने उसी में से मन्दिर के प्रांगण में प्रवेश किया था। मार्ग के दोनों ओर धर्मशाला और सम्बन्धित कार्यालय दिखाई दे रहे थे। आगे बढ़ा तो वहाँ बड़ा-सा मैदान था। सम्पूर्ण क्षेत्र चिनार व अन्य पेड़ों से हरा-भरा था। बाईं ओर प्रसाद की दुकानें कतार से थीं। मगर शोर बिलकुल नहीं था। प्रसाद बेचने वालों या पंडितों में, किसी भी प्रकार की आपाधापी नहीं दिख रही थी। कह सकते हैं दूसरे तीर्थस्थानों के मुकाबले शान्ति थी। अधिकांश भक्त दर्शनार्थी, पर्यटक थे। दाईं तरफ छोटा-सा पानी का कुंड दिखाई दे रहा था। और उसके आगे मन्दिर का प्रवेश द्वार।

माता खीरभवानी— पहला पड़ाव

प्रसाद की दुकान वालों से अच्छी जानकारी मिली थी...मन्दिर पानी के एक चश्मे के ठीक ऊपर स्थित है। इसे पवित्र पानी कहा जाता है। यह स्थान श्रीनगर से मात्र चौदह किलोमीटर की दूरी पर स्थित है जो कि गान्दरबल जिले का तुलमुला गाँव है। यह कश्मीरी हिन्दुओं के लिए विशिष्ट आस्था का केन्द्र है। यहाँ प्रातःकाल, मन्त्रोच्चारण करते हुए, माँ खीरभवानी का स्मरण किया जाता है। माता को शारदा देवी के नाम से भी पूजा जाता है। पारम्परिक रूप से वसन्त ऋतु में माता को खीर चढ़ाई जाती है। बातचीत से पता चला कि वैदिक काल की, यहाँ से सम्बन्धित कई कहानियाँ जनमानस में प्रचलित हैं। ये हिन्दू धर्मावलम्बियों को प्रभावित करती हैं। देवी-देवता धार्मिक कथाओं में एक पात्र के रूप में उपस्थित होकर समाज को गहरे सन्देश देते हैं। यह राष्ट्र को बाँधते भी हैं।...इस स्थान को रावण-हनुमान से जोड़कर भी देखा

जाता है। कहा जाता है कि माता देवी श्रीलंका में रावण की ईष्ट देवी के रूप में स्थापित थीं। जब तक वो वहाँ विराजमान रहीं, रावण अपराजेय था। मगर जब रावण सीता का हरण कर उन्हें श्रीलंका ले आया तो माता नाराज हो गईं। और तभी उन्होंने हनुमान को आदेश दिया कि वे उन्हें श्रीनगर की इन पवित्र तुलमुला की चोटियों पर लाकर स्थापित करे। माता दुर्गा भवानी यहाँ कई नामों से पुकारी जाती हैं, महारज्ञा देवी, रग्न्या देवी, रग्न्या भगवती, रजनी माता। पूर्व में रावण की तपस्या से माता प्रसन्न हुई थीं और तब रावण ने उन्हें खीर का भोग चढ़ाया जो माता ने स्वीकार किया था। तभी से वो खीरभवानी के नाम से जानी जाने लगीं। विख्यात कश्मीरी ब्राह्मण कल्हण द्वारा संस्कृत में लिखे ग्रन्थ 'राजतरंगिणी' में इसका वर्णन है। राजतरंगिणी का शाब्दिक अर्थ है—राजाओं की नदी, अर्थात यह कश्मीर के राजाओं का इतिहास है। आदर्श इतिहास लेखन का एक उत्तम उदाहरण, जहाँ अपने ही राजा का सही मूल्यांकन करते हुए आलोचना भी की गई। मध्ययुगीन दरबारी लेखन के विपरीत।...यहाँ दर्शन के लिए स्वामी विवेकानन्द भी आ चुके हैं। यही नहीं इस क्षेत्र 'तुलमुल' का जिक्र, अबुल फजल ने अपनी 'आईने अकबरी' में भी किया है। कुछ तो खास है...कहीं तुल मुला...अतुल्य अमूल्य शब्दों से तो नहीं बना? शायद...इन शब्दों के शब्दार्थ, स्थान की महिमा और मूल्य को दर्शाने के लिए काफी हैं।

बाबा अमरनाथ के दर्शन के लिए जानेवाले तीर्थयात्रियों के लिए माता खीरभवानी पहला पड़ाव है। अमरनाथ दर्शन के लिए सुनिश्चित किए गए दो मार्गों में से यह एक है। इसी रास्ते में आगे आनेवाले स्थान बालटाल से होकर जाना पड़ता है। जबकि दूसरा मार्ग अनन्तनाग से आगे पहलगाम होकर जाता है। जहाँ हम कल गए थे।

धार्मिक आस्थाएँ धारणाएँ बनकर व्यक्तिगत सफलता–असफलता, समाज के हित–अहित और प्राकृतिक आपदाओं से भी कब और कैसे जुड़ जाती हैं! कहना मुश्किल है। समझना नामुमकिन। सिर्फ भय, आशंका और असुरक्षा का भाव, इसका कारण है, कह देने मात्र से काम नहीं चलेगा। जो भी हो, ये आस्थाएँ मानव को नतमस्तक होने के लिए मजबूर ही नहीं प्रेरित भी कर देती हैं। कहा जाता है कि किसी भी प्राकृतिक आपदा या समाज पर विपत्ति आने से पूर्व इस मन्दिर में स्थित कुंड का पानी रंग बदल लेता है और काला पड़ जाता है। कश्मीर ही नहीं भारत में हुई कई अप्रत्याशित त्रासदी के समय इस पानी को गहरे मटमैले रंग में बदलते हुए स्थानीय लोगों ने देखने का दावा किया है। आमतौर पर इसका रंग हल्का दूधिया होता है। वो भी बदलता रहता है। मगर अन्य रंगों में मात्र आकर्षण होता है, कोई सन्देश नहीं।

इन धारणाओं का यकीन करूँ न करूँ मगर ईश्वर को जरूर मानता हूँ। उस सर्वशक्तिमान रचनाकार की हर रचना को देखने की उत्सुकता रहती है। उसके हर स्वरूप के दर्शन का अभिलाषी हूँ, समीक्षक नहीं। प्रकृति, देवी–देवताओं का एक विशाल रंगमंच है। विशिष्ट प्राकृतिक स्थानों पर, वैदिक काल से, हिन्दुओं ने अपने देवी–देवताओं को अपने–अपने रूप–स्वरूप व प्रतीकों के माध्यम से स्थापित किया। फलस्वरूप मन्दिर बने, धर्मशालाएँ बनीं, कुएँ, तालाब खुदवाए गए। यही तो है सभ्य समाज (सभ्यता) के सुसंस्कृत (संस्कृति) होने के विकासक्रम की कहानी। जिन्हें मात्र देख–सुनकर इतिहास के विभिन्न कालखंड को पढ़ा जा सकता है।

हिन्दुस्तान के कई प्रमुख धार्मिक स्थलों को देखने का सौभाग्य प्राप्त हुआ है। मगर बड़ी नम्रता से कहना चाहता हूँ कि इस मन्दिर में स्थित माँ के पवित्र स्थान को, स्थापत्य कला की नजर से देखें तो यह माता के दूसरे पवित्र स्थानों से एकदम भिन्न है। अपने आप में विशिष्ट। यह भी सिद्ध स्थल है।

भक्तों की कतार लम्बी नहीं थी। क्रम में मुझसे दो–चार जन आगे खड़े एक भक्त ने पूजा–अर्चना कराने के लिए वहाँ बैठे हुए पंडितजी से पूछा था,

'पंडितजी क्या मैं ये दूध इस कुंड में डाल दूँ?'

पंडितजी ने झल्लाते हुए 'हाँ' में जवाब दिया था। साथ चल रही महिला के सवाल पर तो पंडितजी गुस्साए थे। मैंने महसूस किया कि वे हर बात पर झुँझला रहे थे। उनका व्यवहार शान्त, शालीन, प्रभावशाली तो छोड़िए, सामान्य भी नहीं लग रहा था। मेरी बारी आने पर, मेरे सिर्फ यह कहने पर कि 'पंडितजी नाराज नहीं होते, शान्त हो जाइए। क्षमा करें...हम अज्ञानी तो आपके मार्गदर्शन की सदा अपेक्षा करते हैं।' सुनकर वे मुझ पर ऊँची आवाज में बोल पड़े थे,

'क्या हर एक को, मैं, अब बैठकर यहाँ समझाता ही रहूँगा। देखकर, खुद नहीं समझ सकते क्या...'

मैं हैरान था। शायद पंडितजी का आज मन ठीक नहीं। मगर मुझे तकलीफ हुई थी। बात इतनी ही नहीं, कई प्रतिष्ठित मन्दिरों में भी पंडितों का व्यवहार अपेक्षित नहीं होता। यह देखकर दुख होता है और सोचकर मन व्यथित। ऐसे में किसी भक्त को क्रोध आ जाए तो अब इसे क्या कहेंगे? असल में वर्ण व्यवस्था को जन्म से जोड़ने का यह परिणाम है। वरना व्यक्ति की पहचान उसके गुण और स्वभाव से तय होनी चाहिए। वर्ण व्यवस्था, हमारे पूर्वजों की नहीं, हमारी देन है जिससे हमें ही बाहर निकलना होगा।...भक्तों के साथ ऐसा ही कुछ-कुछ व्यवहार, अमूमन हर धर्म में होता है। बस व्यवस्था के रूप-स्वरूप बदलते रहते हैं। जो कि उचित नहीं।

दर्शन कर बाहर लौटने पर, माँ का प्रसाद, जावेद को दिया तो उसने सामान्य रूप में उसे हथेली में लेकर सहजता से तुरन्त मुँह में डाल लिया था। यूँ तो मैंने उससे कोई श्रद्धा की उम्मीद नहीं की थी। मगर उसने भी चेहरे से कोई अटपटी प्रतिक्रिया नहीं दी थी। यह देख, मुझे अच्छा लगा था।

'मैं कई मजार और मस्जिद के भीतर जाता रहा हूँ और हर बार माथा भी टेका है।'

'अच्छा!' ऐसा लगा कि यह सुनकर उसे खुशी हुई थी। मगर शायद वो मेरे कहने के आशय को नहीं समझ पाया था। शायद यह ठीक भी है। कई बार हम ज्यादा समझकर या अधिक समझाने के चक्कर में खुद तो परेशान होते ही हैं दूसरों को भी करते हैं।

शेष भारत में, कश्मीर को लेकर, कई तरह की खबरें सुनने को मिलती रहती हैं। जो विचलित करती हैं। स्वाभाविक है। इनकी सत्यता के बारे में, दावे से कुछ भी कहने का न तो हक रखता हूँ और न ही पिछला मात्र दो दिन का अनुभव पर्याप्त होगा। वैसे भी हालात समय-समय पर परिवर्तित होते रहते हैं। और फिर हर एक क्रिया ही नहीं, प्रतिक्रिया का भी पक्ष और विपक्ष होता है। ऐसे में किसी एक-दो व्यक्ति या छोटे समूह की बातें या व्यवहार, आम राय बनाने के लिए काफी नहीं। और न ही होनी चाहिए। मगर यह जरूर कहना चाहूँगा कि हालात न तो उतने बिगड़े और अस्थिर दिखाई दिए, जितना बताया गया था। कह सकते हैं कि हालात तेजी से सुधरे हैं। असल में सारा खेल सत्ता के संघर्ष का है। सत्ताधारी वर्ग चाहे तो सब कुछ सम्भव है। इतिहास गवाह है, सुशासन होने पर बाहरी हस्तक्षेप या आन्तरिक विरोधी सफल नहीं हो सकते। लेकिन नए धर्मों द्वारा पुराने को विस्थापित करने की प्रक्रिया में अधर्म किया जाना, कितना स्वीकार्य हो सकता है?

अब इसे क्या कहेंगे? यहाँ आने से ठीक पहले, बातचीत के दौरान एक मित्र ने कहा था कि कश्मीर के कई चर्चित व प्रसिद्ध स्थानों का पौराणिक नाम स्थानीय लोगों ने बदल दिया है। यह प्रक्रिया धीमी सही मगर सच प्रतीत हुई थी। मगर यह भी सच है कि जावेद ने पिछले दो दिनों में हरी पर्वत, अनन्तनाग, शंकराचार्य मन्दिर आदि-आदि नाम ही लिया था। और फिर जिस तरह वह मुझे खीरभवानी मन्दिर दिखाने स्वयं ले गया, उसी तरह श्रीनगर आनेवाले हरेक हिन्दू पर्यटक को स्वयं इन

स्थानों पर ले जाता होगा। टैक्सी-बस ड्राइवर व होटल में काम करनेवाले कर्मचारी, आम बातचीत के दौरान, आसानी से स्थानीय सामाजिक, आर्थिक, धार्मिक एवं राजनीतिक तथ्यों व उनके पीछे छिपे रहस्यों से परदा, जाने-अनजाने ही उठा देते हैं। बशर्ते कि आप उनसे सामान्य होकर बातचीत करने की क्षमता रखते हों।

आगे के लम्बे रास्ते के लिए जावेद अब मेरा सहयात्री था। साथ ही हमारे बीच सहज विश्वास पैदा हो रहा था। वह संक्षिप्त में वो जानकारियाँ दे रहा था जिसे मुझे पुस्तक में पढ़कर प्राप्त कर पाना मुश्किल होता। कई बार व्यावहारिक ज्ञान और सामान्य सूचना लिखित रूप में उपलब्ध भी नहीं होती। सच कहें तो जावेद भी एक कारण बना जो मैं इस यात्रा को पन्नों पर उतारने के लिए प्रेरित हुआ। मेरे व्यवहार में परिवर्तन था। थोड़ा खुलापन आया था। इसे दोस्ताना सम्बन्ध कह सकते हैं। मगर वह स्थिर था।

अब हम श्रीनगर-लेहमार्ग, जो नेशनल हाईवे 1डी के नाम से भी जाना जाता है, पर फिर से वापस पहुँच चुके थे। यह लद्दाख को शेष भारत से जोड़ने वाली दो सड़कों में से एक है। जबकि दूसरी, मनाली से लेह की ओर आती है। श्रीनगर-लेह, पूर्व में भी मध्य एशिया का एक महत्त्वपूर्ण ट्रेड रोड रहा है जो कि आगे यारकन्द तक जाता था और ट्रीटी रोड के नाम से जाना जाता था। यह मार्ग साल में आज भी चार से छह महीने बर्फबारी के कारण बन्द रहता है। कल्पना कर सकते हैं कि पूर्व में यह यात्रा कितनी कठिन होगी। ये मार्ग, कुल्लू-मनाली वाले दूसरे मार्ग की तुलना में, प्रारम्भ से ही, सरल और सुविधाजनक रहा है। इस मार्ग से लद्दाख को आपूर्ति आसानी से उपलब्ध होती थी। लिखित इतिहास पर जाएँ तो इसकी दूरी 250 से लेकर 300 मील तक की मानी जाती थी। अर्थात बीच में सुविधानुसार अलग-अलग कई उप-मार्ग होंगे। बहरहाल, जिस मार्ग को मैं दो दिन में पूरा करूँगा, वही कुछ जल्दबाज पर्यटक आजकल एक दिन में भी पहुँच जाते हैं। पूर्व में इसी यात्रा को 15 से 20 दिनों में तय किया जाता था। अंग्रेजी इतिहास को मानें तो इस मार्ग पर 14-20 विश्राम स्थल थे। मगर इस मार्ग पर चोरी का डर बना रहता था। तो कहीं यही कारण तो नहीं कि उन दिनों व्यापारी, अधिक कठिन राह होते हुए भी, लेह-मनाली-कुल्लू वाला रास्ता अपनाते थे? इसके और क्या कारण हो सकते हैं? जानने के लिए तत्कालीन सामाजिक, आर्थिक व राजनीतिक पहलू पर भी विचार करना होगा। फिलहाल, आजकल श्रीनगर-लेह मार्ग पूर्णतः सुरक्षित है। भारत सरकार के बॉर्डर रोड आर्गेनाइजेशन द्वारा इसका रख-रखाव किया जाता है। यह भी आश्चर्यजनक सत्य है कि इस रोड को वाहन के उपयोग लायक बनाने के लिए आवश्यक निर्माण यूँ ही नहीं हुआ। 1962 युद्ध के समय लद्दाख पर दुश्मनों की नजर ने इस कार्य के लिए भारत सरकार को मजबूर किया था। वरना इससे पहले ऐतिहासिक होते हुए भी यह यूँ ही पड़ा हुआ था।

हम आगे बढ़ रहे थे। धीरे-धीरे ही सही, ऊँचाइयों पर चढ़ने का अहसास होने लगा था। सामने ही नहीं दोनों ओर पहाड़ साथ चल रहे थे। दाईं ओर नदी साथ-साथ बह रही थी। यह देखकर मुझे बिलकुल भी आश्चर्य नहीं हुआ था। श्रीनगर से लेह का रास्ता, प्रारम्भ से ही किसी न किसी नदी के साथ-साथ चलता हुआ दिखाई दिया। कुछ देर के लिए सड़क नदियों से दूर होती भी तो फिर लौटकर, किसी न किसी, नदी की ओर मुड़ जाती। विज्ञान ने चाहे जितनी उन्नति की हो, सभ्यता जितनी भी प्रगतिशील हो, सदियों से नदियों के किनारे बने इन रास्तों की दिशाओं में कोई विशेष फर्क नजर नहीं आता।

हिमालय ने असंख्य छोटी-बड़ी नदियाँ दे रखी हैं। तकरीबन सभी को चिन्हित कर उसका नामकरण, मनुष्य ने अपनी सहूलियत व फायदे के लिए समय-समय पर किया होगा। कुछ समय के साथ सूख गई होंगी मगर जाते-जाते भी अपने निशान जरूर बना गईं। ये निशान नहीं, प्रकृति के पन्ने पर लिखा इतिहास है। इन्हें पर्वतीय क्षेत्रों में ही नहीं मैदान में भी देखा जा सकता है। सरस्वती भी हिमालय की देन है। यह सूख गई इसलिए विलुप्त हो गई। अगर इसका नाम वेद-पुराणों में नहीं होता तो हम इसे भी भुला देते। ऐसे ही न जाने कितना लम्बा-चौड़ा इतिहास इन पहाड़ों पर अंकित है, जिसे हम पढ़ नहीं पा रहे। हम तो सिर्फ, जो जिन्दा है उसे ही देख पा रहे हैं। इस नदी के मायाजाल का सम्पूर्ण ज्ञान, किसी एक के पास होना थोड़ा मुश्किल है। तभी तो मेरा सहयात्री जावेद भी कई बार, मेरे इस प्रश्न पर अनुत्तरित हो जाता कि साथ चलने वाली नदी कौन-सी है? यकीनन उसे किसी जिद्दी बच्चे की याद आती होगी, जो कौतूहलता में उत्सुकतापूर्वक सवाल-पे-सवाल पूछता है। बहरहाल, स्थानीय लोगों से पूछताछ और फिर उपलब्ध नक्शा व गूगल का चमत्कार, रास्ते में बहुत कुछ जान पाया था।

श्रीनगर से निकलते ही साथ-साथ सिन्द नदी चलती है जो कि झेलम नदी की एक उपनदी है। इस नाम ने मुझे सिन्धु महान नदी से भ्रमित किया था। इसे वो न समझे। यह दीगर बात है कि सिन्द का पानी झेलम होते हुए अन्त में सिन्धु महान में ही जा मिलता है। सिन्द, हिमालय की गोद में मस्त खेल रही एक छोटी मगर विशिष्ट नदी है। इसे सिन्द नाला भी कहते हैं। यह जोजिला के नीचे स्थित बालटाल तक हमारे साथ चलेगी। लेह रास्ते पर आगे, मुख्य मार्ग पर स्थित सोनमर्ग से थोड़ा हटकर, बालटाल वही स्थान है जहाँ से हिन्दू धर्मावलम्बी अमरनाथ बाबा की गुफा की ओर जाते हैं। जोजिला की पहाड़ियों के बीच में सिन्द नदी का उद्गम है। जो श्रीनगर-लेह राजमार्ग के साथ-साथ चलकर, नीचे, श्रीनगर में जाकर झेलम नदी में समा जाती है। जोजिला से आगे चलने पर अचानक ही दरस (द्रास या दरास) नदी साथ-साथ चल पड़ती है। यह वही नदी है जिसके किनारे आगे चलकर द्रास कस्बा बसा हुआ है। द्रास नदी का सम्पूर्ण अस्तित्व द्रास घाटी में ही उपस्थित है। पर इसका उद्गम

जोजिला के मछोई ग्लेशियर से होता है। यह वही ग्लेशियर है जो कि सिन्द नदी की भी उत्पत्ति करता है। बस फर्क यह है कि दोनों विपरीत दिशाओं में आगे बढ़ जाती हैं। सिन्द कश्मीर वैली में जाने के लिए पश्चिम की ओर रुख कर जाती है और उसके उलट द्रास उत्तर-पूर्व की ओर उतरकर अपने ही नाम से एक नई घाटी को (द्रास घाटी) बनाती चली जाती है। इसमें भी कई छोटी-बड़ी नदियाँ मिलती हैं और यह स्वयं कइयों के साथ मिलती चली जाती है। तभी तो यह आगे जाकर सुरू नदी में मिलती है जो कि फिर अन्त में इंडस नदी में मिल जाती है। इंडस को इन्दु, सिन्धु और सिन्धु महान भी कहा जाता है। चर्चित व्यक्तियों की तरह महान नदियों के भी कई नाम होते हैं।

कंगन से सोनमर्ग

आगे बढ़ने पर थोड़ी देर में ही, चारों ओर पर्वत की चोटियाँ और उस पर बिखरी सफेद बर्फ के दृश्य प्रारम्भ हो जाते हैं। 'गान्दरबल' से निकलकर 'कंगन' पहुँचा हूँ। यह गान्दरबल की तहसील है। रास्ते में लकड़ियों के बने पुराने घर दिखाई दिए थे। ये यकीनन मैदानी इलाकों के मकान से अलग हैं जिन्हें कश्मीर की पहचान के रूप में देखा-समझा जा सकता है। इनकी बनावट यहाँ की प्रकृति के मिजाज के हिसाब से है। और जो होनी भी चाहिए। जिसे हमने हर शहर में, एक समान कर दिया। सभी जगह लोहे और कंक्रीट के जंगल खड़े कर दिए। फिर चाहे राजस्थान की गर्मी हो या फिर मुम्बई-कलकत्ता की बरसात और उमस। बहरहाल, अभी ये पहाड़ी मकान पीछे छूटे ही थे कि तभी अचानक सड़क के दोनों ओर चहल-पहल नजर आई। देखता हूँ कि कुछ लोग बिना कुछ देखे अचानक सड़क पार कर रहे हैं।

'यह कुल्लन मार्केट है।'

'अच्छा!' हमारी गाड़ी की रफ्तार कुछ देर के लिए थोड़ी धीमी हुई और फिर तेजी से आगे बढ़ जाती है। सिन्द नदी साथ चल रही है। मगर यह हमारी उलटी दिशा में है। स्वाभाविक है, हम श्रीनगर से जोजिला की ओर जा रहे हैं, जबकि यह जोजिला से निकलकर पीछे श्रीनगर की ओर बह चली है।

'यहाँ के लोग अपना जीवनयापन कैसे करते हैं?'

'मक्का व धान की खेती करते हैं...और इनके पास अखरोट के पेड़ भी हैं।'

'बस...!'

'सोनमर्ग में टूरिस्ट के लिए काम भी करते हैं। सीजन में अच्छी कमाई हो जाती है।'

'इसका मतलब है कि जितने अधिक पर्यटक आएँगे उतनी अधिक कमाई...।'

'वो तो है।' उसके चेहरे पर चमक उभरी थी जिसे मैं समझ सकता था।

आगे छोटा-सा कस्बा और साथ कुछ होटल दिखाई देने लगे तो मैंने उत्सुकतावश पूछ लिया था,

'क्या हम सोनमर्ग पहुँच गए?'

'नहीं, यह गगनगीर है। ठंड में बर्फ गिरने पर टूरिस्ट यहीं तक आ पाते हैं। और इसीलिए यहाँ पर भी आपको कुछ होटल मिल जाएँगे। आगे सोनमर्ग में तो कई-कई फीट बर्फ हो जाती है। तब रास्ते बन्द हो जाते हैं।' सुनकर मैंने सड़क के दोनों ओर नजर डाली थी।

सोनमर्ग

सोनमर्ग पहुँचते-पहुँचते बर्फ आसपास दिखाई देने लगती है। मानो प्रकृति ने सफेद चादर ओढ़ रखी हो। गुलमर्ग और पहलगाम में भी बर्फ थी। मगर हर एक का नजारा भिन्न है। एक बात सामान्य है। वो है, चारों ओर पहाड़ों पर हरियाली और ऊपर से सफेद बर्फ की चादर। यही है मेरे लिए श्वेताम्बर, नया प्रतीक। हिमालय के इस सम्पूर्ण क्षेत्र के लिए नया नाम।

सोनमर्ग, गान्दरबल जिले में, तकरीबन तीन हजार मीटर की ऊँचाई पर स्थित एक बेहद खूबसूरत पर्वतीय पर्यटन स्थल। यह सिन्द नाले नामक नदी की घाटी में है। यहाँ हिमालय के कई ग्लेशियर (कोलहोई एवं मछोई) देखे जा सकते हैं। मछोई वही ग्लेशियर है जो सिन्द व द्रास नदियों का उद्गम स्रोत है। मगर पिछले कुछ वर्षों से ग्लोबल वार्मिंग का शिकार है। सुना है कोलहोई ग्लेशियर अधिक प्रभावित है। ऐसे में भविष्य अन्धकारमय लगता है। फिलहाल, वर्तमान में ये आकर्षण के केन्द्र हैं। ये सोनमर्ग की खूबसूरती बढ़ाते हैं। मर्ग का अर्थ घास का खुला मैदान होता है। और इस तरह से सोनमर्ग को सोने का मर्ग कहा जा सकता है। 'मर्ग' शब्द 'मार्ग' का स्थानीय रूप भी हो सकता है। सोनमर्ग ऐतिहासिक रूप से भी महत्त्वपूर्ण है। कभी यह प्राचीन सिल्क रोड का गेटवे हुआ करता था। गिलगित, तिब्बत, चाइना, लद्दाख को कश्मीर एवं अन्य खाड़ी देशों से जोड़ने का कार्य करता था।

सोनमर्ग, श्रीनगर आनेवाले पर्यटकों के आकर्षण का प्रमुख केन्द्र है। बर्फ देखने के उत्सुक पर्यटकों को, टैक्सी वाले, गुलमर्ग और पहलगाम के अतिरिक्त यहाँ भी लाते हैं। ये सभी श्रीनगर की अलग-अलग दिशाओं में उपस्थित हैं। सभी की अपनी-अपनी खूबसूरती व प्राकृतिक उपस्थितियाँ हैं। सोनमर्ग का अपना सौन्दर्य है। छोटा-सा मैदान जहाँ एक ओर कतार से नए-पुराने होटल और रेस्टोरेंट की अच्छी-खासी संख्या दिखाई दे रही थी।

'लंच यहीं ले लेते हैं, आगे फिर द्रास तक कुछ नहीं मिलेगा।'

दिन का एक ही बजा था। भूख नहीं थी। मगर फिर रुककर सोनमार्ग की खूबसूरती निहारने का मन भी कर रहा था।

'ठीक है।'

जावेद ने गाड़ी एक रेस्टोरेंट के प्रांगण की ओर मोड़ी थी। गाड़ी से उतरा तो हवा में ठंडक थी और हम रेस्टोरेंट में घुस गए थे। लकड़ी से बना सुन्दर कॉटेज साफ-सुथरा था। ठंडे प्रदेशों में धूल की दिक्कत नहीं होती, जिससे हम भारतीय अपने मैदानी इलाकों के शहरों में अमूमन जूझते हैं। खाने में सादी दाल और मिक्स सब्जी का ऑर्डर दिया था। पता चला कि अभी इसे ताजा बनाया जाएगा और इसीलिए थोड़ा वक्त लगेगा। मैं सोचने लगा था,...अगर ये होटल न हो तो पर्यटकों के लिए खान-पान की मुश्किलें हो सकती हैं और वहीं स्थानीय लोगों के लिए यह जीविका का एक प्रमुख माध्यम है। दूसरे के पेट का इन्तजाम करके स्वयं के पेट का इन्तजाम करना। यही समाज की व्यवस्था है, सदियों से। चूँकि मध्ययुगीन काल में इस मार्ग पर दसियों विश्रामगृह का उल्लेख मिलता है तो उनमें से एक यहाँ अवश्य होगा। ढूँढ़ने पर शायद उसके बारे में जानकारी प्राप्त हो। मगर यह लगभग नामुमकिन है। असल में हम स्थानीय स्तर के, विशेषकर सामान्य इतिहास को जल्दी भुला-मिटा देते हैं। इतिहास क्या सिर्फ नायकों की कहानी सुनाने के लिए है?

आज भी साल में पाँच से छह महीने बर्फ के कारण यहाँ सब कुछ बन्द होता है, तो बाकी बचे समय में ही पूरे साल के लिए कमाकर जरूरी जीवनोपयोगी सामान का संग्रह करना पड़ता होगा। कल्पना की जा सकती है कि पूर्व में जीवन कितना कष्टमय होगा? इसलिए जिन्दा रहने के लिए जरूरी भोजन और कपड़ों के लिए, उन दिनों मानव इधर-उधर अधिक भटकता होगा।

सामने पड़े मीनू कार्ड पर नजर पड़ी थी। वो सभी व्यंजन जो दिल्ली, मुम्बई या अन्य नगरों में मिलते हैं, यहाँ भी उपलब्ध थे। यह पर्यटन की रोचकता को कम करता है। और यही खाने-पीने की विविधता को खत्म करने का एक प्रमुख कारण भी बनता जा रहा है। मेरा मत है कि स्थानीय भोजन का स्वाद न चखा जाए तो एक पर्यटक के लिए, सिर्फ प्राकृतिक दृश्य देखने को मैं अधूरा ही करार दूँगा।

रेस्टोरेंट के ठीक सामने, थोड़ा दूर, एक ग्लेशियर साफ दिखाई दे रहा था। यही ताजवास है। यहाँ आनेवाला हर एक पर्यटक आसानी से इसे छू सकता है। इसकी गोद में खेल सकता है। मगर सुना है हमारी इसी नादानी से यह दूषित हो गया है और इसीलिए तेजी से सिकुड़ रहा है।...मैं उठा और रेस्टोरेंट से बाहर निकलकर, उसको निहारने लगा था। कितना खुशनसीब हूँ मैं, ग्लेशियर को इतनी आसानी से देख पा रहा हूँ। भविष्य की पीढ़ियाँ कहीं इससे वंचित न हो जाएँ। और किताबों में इनका वर्णन पढ़ हैरान हों! तभी ऐसा महसूस हुआ कि यह बर्फ की विशाल आकृति मेरी ओर लुढ़ककर आएगी और फिर मुझे अपने अन्दर समेट लेगी। मैंने तुरन्त निगाह हटाकर इधर-उधर नजर दौड़ाई तो देखा दोनों ओर रेस्टोरेंट और होटलों में अच्छी-खासी चहल-पहल थी। थोड़ी दूर पर पर्यटकों की टैक्सियाँ कतार से खड़ी थीं। अधिकांश यहीं से लौट जाएँगे। सोनमर्ग, श्रीनगर के पर्यटकों के लिए मात्र एक स्पॉट

है। हमारे जैसे कुछ एक ही होंगे जो आगे जाएँगे। मुझ जैसे हिमालय के दीवाने कितने होंगे ? कह पाना मुश्किल है। कम ही होंगे। हाँ, सुना है कि कुछ पर्यटक आगे ऊपर जोजिला तक घूमकर लौटते हैं।

'खाना तैयार है ?' एक पतला-दुबला सज्जन, वेशभूषा से कश्मीरी लग रहा था, होटल का ही कर्मचारी होगा, ने कहा तो मैं पुनः अन्दर गया था। खाना गर्म था। खाने पर स्वाद विशिष्ट लगा था। सब्जियाँ शायद बिना खाद की हों। इसीलिए बिना भूख के भी दो बड़ी-बड़ी चपाती खा ली थी और फिर चावल भी लिये थे। चावल यहाँ का प्रमुख भोजन है।

सोनमर्ग से निकलते ही जोजिला के ऊपर से निकलने को लेकर उत्सुक हूँ। कहीं न कहीं डर भी सता रहा है। यह मेरा प्रथम अनुभव होगा, लगभग 12-13 हजार फीट की ऊँचाई से गुजरने का। मगर यह तो सबसे कम ऊँचाई वाला दर्रा है, लेह तक तो और भी ऊँचाइयों को पार करना है। सोचकर थोड़ी चिन्ता हुई थी।...लेकिन प्रथम अवरोध के दूर हो जाने पर आत्मविश्वास बढ़ेगा और मैं आगे की ऊँचाइयों को सकुशल पार कर पाने में और अधिक आशावादी बन पाऊँगा। कहते भी हैं कि प्रथम अड़चन पार करना महत्त्वपूर्ण होता है। और मैं ऊँचाई के डर को चुनौती मानकर, तेजी से उस ओर अग्रसर हो रहा हूँ। अब चढ़ाई महसूस हो रही थी, तभी सँकरे पहाड़ी रास्तों से नीचे घाटी में देखने पर कई सारे तम्बू दिखाई दिए थे। जानने पर पता चला कि यही बालटाल है। यहाँ अमरनाथ यात्रा की तैयारी चल रही है। वहाँ जाने के लिए पीछे से रास्ता नीचे की ओर जाता है।

अभी जोजिला आया नहीं था। यही कोई पाँच-सात किलोमीटर दूर होगा, और तभी मैंने पाया कि पहाड़ के सँकरे रास्ते पर आगे कुछ वाहन कतारबद्ध खड़े हुए हैं।

हमें भी सबसे पीछे अपनी गाड़ी लगानी पड़ी थी। कुछ और समझ न आया तो उत्सुकतावश गाड़ी से नीचे उतरा था। हवा में ठंडक महसूस हुई थी। दोनों हाथ जेब में डालने पड़े थे। रास्ता कच्चा और टूटा-फूटा था। बगल की खाई, अचानक देखने पर भय उत्पन्न कर रही थी। घुमावदार रास्ता होने पर आगे का दृश्य साफ दिखाई दे रहा था। दूसरी ओर से आनेवाले वाहन भी, थोड़ी दूर पर, सामने कतार में खड़े हुए थे। हमारे और उनके बीच के खाली रास्ते में रोड को साफ और समतल करनेवाली मशीन अपनी जोरदार आवाज के साथ काम कर रही थी। आसपास नजर दौड़ाई तो पहाड़ सूखे, साथ ही कच्चे महसूस हो रहे थे। धूल से सनी झाड़ियाँ कहीं-कहीं जरूर दिख रही थीं। बकरियाँ और भेड़ पत्तियाँ चर रही थीं। इनके चलने-दौड़ने से छोटे-छोटे पत्थर इधर-उधर गिरते नजर आ रहे थे। ऐसे में थोड़े बड़े और भारी पत्थर के भी अचानक सड़क पर गिरने का खतरा उत्पन्न हो रहा था। इसी कारण से गाड़ी वालों को ध्यान भी रखना पड़ रहा था। एक समय, ठीक हमारे ऊपर, चर रही एक बकरी के कारण एक पत्थर तेजी से नीचे गिरने लगा। तो मुझे भी अचानक वहाँ से हटना पड़ा था।

अधिकांश यात्री व ड्राइवर झुंडों में बातचीत कर रहे थे। पता चला कि इस रास्ते में मरम्मत का कार्य चलता रहता है। पहाड़ का भूस्खलन और परिणामस्वरूप पत्थर सड़क पर गिरते रहते हैं। किसी-किसी स्थान पर तो, कभी-कभी, एक समय में एक तरफ के मार्ग को ही खोला जाता है और तब तक दूसरे को इन्तजार करना पड़ता है। इसमें अच्छा-खासा समय भी लग जाता है। सुनने में तो यह भी आया कि कई बार लोगों को वापस भी लौटना पड़ता है। स्थितियाँ भयावह भी हो सकती हैं । भारत में सड़क मार्ग की वर्तमान अवस्था को देखें तो समय के साथ-साथ रास्ते अमूमन बेहतर हुए हैं। पूर्व से तुलना करें तो इस मार्ग की स्थिति भी पहले से अच्छी हुई होगी। विकास एक निरन्तर प्रक्रिया है। मगर हाँ, यह कहा जा सकता है कि यहाँ की स्थिति अन्य पहाड़ी मार्गों की अपेक्षा खराब है। यहाँ सुधार में अभी और समय लगेगा।

आराम से खड़े होकर बतिया रहे लोगों में अचानक भगदड़ मची थी। पता चला कि रास्ता खोल दिया गया है। ऐसे कठिन मार्ग में भी एक-दो उत्साही ड्राइवरों ने जिस तरह से ओवरटेक करने की कोशिश की, यह मेरे लिए चौंकानेवाला था। और मुझे अचानक गुस्सा आया था।...हम भारतीय न जाने कब नियमों का पालन करना सीखेंगे। जो कि जाने-अनजाने हमारे ही हित में होते हैं। और फिर ये जल्दबाजी किसलिए? समय बचाने के लिए? यह मूर्खतापूर्ण सोच लगती है। जुनून और पागलपन करार दिया जाना चाहिए। और मुझे अपनी लिखी सबसे पहली कहानी 'सब्र' याद आई थी। जो मैंने हिमाचल प्रदेश में लिखी थी। यह सच्ची घटना पर आधारित थी।...एक अति रिश्वतखोर दोस्त के बिगड़े हुए बेटे की गाड़ी, शराब के नशे में तेज चलाने पर दुर्घटनाग्रस्त होकर खाई में गिर गई थी। शरीर के अंग बिखर

गए थे। जवान बेटे की मौत के बाद दोस्त भी हर तरह से टूट गया था। अधिक से अधिक पैसे कमाने की भूख मिट चुकी थी। क्योंकि अतिरिक्त अनावश्यक पैसा अब व्यर्थ था।

जोजिला

पर्वत की ऊँचाइयाँ और सागर की गहराइयाँ मानव को आगे बढ़ने से कभी रोक नहीं पाईं। सदियों से वह इसे पार करता रहा है। जोजिला आकर महसूस हुआ कि प्रकृति यहाँ अपने अत्यन्त आक्रामक रूप में उपस्थित है। विशेषकर उन लोगों के लिए जो इसे पार करना चाहते हैं। मगर जो रुककर कुछ देखना चाहते हैं, उनके लिए अदभुत सौन्दर्य चारों ओर बिखरा पड़ा है। साथ ही असीम शान्ति का वातावरण। प्रकृति अपने कमसिन यौवन में, आँख मूँदे लेटी-सी प्रतीत होती है। यह मृत नहीं है, जिन्दा है। यहाँ स्पन्दन है। इसकी साँसों को, कुछ पल ठहरकर प्रयास करने पर महसूस किया जा सकता है। और वह चाहती भी है कि उसकी गोद में उसके साथ प्रेम से कोई खेले। जल्दबाजी नहीं, जबरदस्ती नहीं। नहीं तो वो इसका मजा चखाने के लिए जरा भी रहम नहीं करती। मगर आदमी की फितरत कहाँ रुकती है। वो तो इस चुनौती को स्वीकार कर इस पर दौड़ना चाहता है। ऐसा प्रतीत होता है कि पर्वत अमूमन आँख मूँद लेते हैं। और अपने ही बच्चों द्वारा दिए जा रहे कष्टों को चुपचाप झेल लेते हैं। हर दूसरे माता-पिता की तरह। मनुष्य ऐसा क्यों करता है? किसलिए करता है? ठीक-ठीक पता नहीं। कह पाना मुश्किल है। पूरी तरह समझना तो नामुमकिन।

ऊँचे-ऊँचे पर्वतों के पार ले जानेवाले कई दर्रे जिसे अंग्रेजी में 'पास' कहा जाता है, आदिकाल से आमजन के बीच चर्चा का विषय रहे हैं। ये दूर-दूर तक लोकप्रिय भी हो जाते हैं। पर्वत व उनके शिखर की तरह। इनकी अपनी विशेषता होती है। ये मानव विकास के इतिहास को अपने साथ समेटे होते हैं। एक सभ्यता या देश को दूसरे से अलग करने के लिए जहाँ पर्वत एक दीवार साबित होता है, वहीं ये दर्रे एक खिड़की का काम करते हैं। इन दरवाजों से आया-जाया जा सकता है। ये विदेशियों को घुसने का रास्ता देते हैं और इस चक्कर में किसी न किसी युद्ध के गवाह बन जाते हैं।

कुछ ही देर में जोजिला को मुझे पार करना था। जिसे लेकर बेहद उत्सुकता थी, तो साथ ही चिन्ताएँ भी थीं। लेह-लद्दाख जानेवाले पर्यटकों के मन में वैसे भी ऊँचाइयों के कारण आनेवाली मुश्किलों को लेकर कई आशंकाएँ होती हैं और कुछ जबरन पैदा कर दी जाती हैं। मसलन ऑक्सीजन की कमी से शारीरिक परेशानियों का सामना करना पड़ सकता है। यह पूरी तरह निराधार भी नहीं है। जैसे कि शारीरिक रूप से दुर्बल, विशेषकर बूढ़े और हृदयरोगी को सावधान रहने की आवश्यकता है। सामान्य पर्यटक को भी कुछ ध्यान तो रखना ही चाहिए।

जोजिला, या जोजी दर्रा, इस मार्ग का ही नहीं, हिमालय का एक प्रमुख दर्रा है। यह कश्मीर वादी और लद्दाख को बाँटता है। 'ला' और 'दर्रा' शब्द का अर्थ एक ही होता है। 'ला' हिमालय की विभिन्न भाषाओं में दर्रे (पास) के लिए इस्तेमाल किया जाता है। मगर फिर भी हम 'जोजिला पास' शब्द ही आम बोलचाल में प्रयोग करते हैं। वैसे ही, जैसे कि खरदूंगला पास, फोतुला पास आदि। जोजिला तकरीबन 3528 मीटर अर्थात 11575 फीट पर है तथा श्रीनगर से लेह के बीच में फोतुला के बाद सबसे ऊँचा दर्रा है। 1948 के भारत-पाक युद्ध में, इस पर पाकिस्तानी घुसपैठियों ने कब्जा कर लिया था। जिससे कि वो लद्दाख को अपने नियन्त्रण में ले सकें। जिसे फिर भारतीय सेना द्वारा 'ऑपरेशन बिशन' के तहत वापस कब्जे में लिया गया था। इसका उल्लेख यहाँ करना इसलिए महत्त्वपूर्ण हो जाता है कि उन दिनों इस युद्ध में इतनी ऊँचाई पर टैंक का इस्तेमाल कर भारतीय सेना ने सबको चौंका दिया था। और यह शायद दुनिया की पहली ऐसी घटना थी जब इतनी ऊँचाइयों पर टैंक का इस्तेमाल किया गया। मैं सोचकर रोमांचित हुआ था। आसपास को देखकर हैरानी भी हो रही थी। यहाँ हालात ही कुछ ऐसे थे। बहरहाल, यहाँ यह याद कर गर्व हो रहा है कि सिर्फ 1999 का कारगिल युद्ध ही नहीं, इससे पहले भी भारतीय सेना अपनी वीरता और नए-नए प्रयोगों का सफलतापूर्वक क्रियान्वयन, विश्व सैन्य इतिहास को दे चुकी है। यह दीगर बात है कि हम इसे भुला देते हैं। भारत का इतिहास लिखने वालों ने भारतीय सेनाओं के साथ न्याय नहीं किया। हम यूरोप में लड़े गए हर दूसरे युद्ध को विश्व युद्ध की तर्ज पर खूब पढ़ते-पढ़ाते हैं मगर अपने शौर्य को नजरअन्दाज करते हैं। क्यों? इतिहासकारों से पूछा जाना चाहिए। विशेषकर भारतीय इतिहासकारों से। कहीं ये हीनभावना के शिकार तो नहीं? या फिर पश्चिमी लेखकों की सोची-समझी चाल तो नहीं?

जोजिला आज भी दुर्गम बना हुआ है। जबकि इससे अधिक ऊँचाई वाले दर्रे इतने कटु अनुभव नहीं देते। और इसका कारण यहाँ आकर आसानी से समझ आ रहा है। गर्मियों में यहाँ रोड पर की गई तमाम मेहनत ठंड के मौसम में बर्फ गिरने पर पूरी तरह से व्यर्थ हो जाती है। सड़क बन्द हो जाती है। बर्फ की मोटी चादर हर तरह की मुश्किलें पैदा करती है। यह दीगर बात है कि ये बर्फ हमारे लिए अति आवश्यक है। क्योंकि अगर बर्फ गिरना बन्द हो जाएगी तो मैदान में जीवन असम्भव हो जाएगा। लेकिन इसी बर्फ के गिरने से यहाँ की रोड इसी तरह से क्षतिग्रस्त होती रहती है। पाँच-दस फीट की बर्फ गिरने के बाद उसके गलने पर होने वाली क्षति को मैं स्वयं यहाँ देख पा रहा था। पानी का बहाव रास्तों को काट-पीट देता है। और फिर गर्मी आने पर सूखे-नंगे कच्चे पहाड़ों का निरन्तर भूस्खलन रोड को अतिरिक्त तंग करता है। बरसात में कीचड़ हो जाने से रास्ता फिसलन-भरा और दुर्घटना के लिए सम्भावित हो जाता है। अति खतरनाक। ऐसे में रोड बह भी जाती है। कई स्थानों पर टूटकर,

उबड़-खाबड़ हो जाती है। रोड निर्माण में हमें, इन स्थानों पर, किसी नई तकनीक का इस्तेमाल करना होगा। इन सबके बावजूद भारत सरकार की, बॉर्डर रोड आर्गेनाइजेशन, जो इस रास्ते के रखरखाव के लिए जिम्मेवार है, की सराहना की जानी चाहिए कि वे अपने निरन्तर प्रयास से, यातायात को सुचारु रूप से बरकरार रखने में कोई कसर नहीं छोड़ते। इनका काम भी सेना के जवानों से कम बहादुरी वाला नहीं।

जोजिला को पार करने के दौरान पता चला कि चार-पाँच किलोमीटर का मार्ग, एक नई दिशा से निकाला गया है। जो कि पहले से काफी बेहतर, चौड़ा और समतल है। आनेवाले दिनों में शायद पर्यटकों को और अच्छी रोड मिल सके।...जोजिला को पार करते समय, धीरे-धीरे, ऊँचाई को लेकर उत्पन्न तमाम आशंकाएँ समाप्त हो रही थीं। हाँ, मैंने स्वयं को एकदम शान्त कर रखा था। और शिखर पर चलते हुए पर्वत श्रृंखला के फैलाव को नंगी आँखों से निहार रहा था। हृदय की धड़कनें सामान्य थीं। ऑक्सीजन की कमी का कोई अहसास नहीं हो रहा था। हाँ, किसी के भी साथ न होने से अनावश्यक व्यर्थ की बातचीत से भी बच पा रहा था। यही कारण है कि सम्पूर्ण ध्यान दूर-दूर तक फैले दृश्यों पर केन्द्रित था। एक बात जरूर है कि गाड़ी थोड़ी भी रास्ते से बाईं ओर जाती तो मुझे अपनी खिड़की से गहरी खाई नजर आती। और मैं भयभीत हो जाता। एक-दो बार ऐसा

महसूस हुआ कि जावेद बेवजह गाड़ी को रोड की बाईं ओर अधिक रख रहा है। इस ओर खाई है। जबकि कुछ दाहिने होकर भी गाड़ी चलाई जा सकती थी। यह अन्देशा अतिरिक्त भय के कारण भी हो सकता है। गाड़ी चलानेवाला जानकार अगर ड्राइवर की सीट के बगल में बैठे तो अपनी ओपीनियन जरूर बनाता है। यह स्वाभाविक भी है। हर एक की ड्राइविंग का अपना अन्दाज होता है। सब जानते हुए भी मैंने अनायास ही एक-दो बार उसे यह कह दिया था कि गाड़ी दाईं ओर ही रखो। मगर इस बात की दाद देनी चाहिए कि न तो उसने इसकी प्रतिक्रिया दी और न ही मेरी बात पर हँसा। शायद उसे पता था कि यात्री यहाँ आकर किस तरह डरते हैं। वो अनुभवी लग रहा था और आत्मविश्वास से सड़क पर निरन्तर नजर गड़ाए हुए गाड़ी चला रहा था। यूँ तो मेरा भय निर्मूल साबित हो रहा था मगर यहाँ यह कहना भी गलत नहीं होगा कि अति आत्मविश्वास में कभी-कभी भयानक दुर्घटनाएँ हो जाती हैं। जिसे फिर आप सुधार नहीं सकते। क्योंकि पर्वत आपकी गलतियों के लिए आपको माफ नहीं करते।

'इसे कैप्टन मोड़ कहते हैं।' वो अचानक बोल पड़ा था।

'कैप्टन मोड़?'

'रोड बनाने के दौरान एक कैप्टन की दुर्घटना में यहाँ मौत हो गई थी।'

'अच्छा!'

'यह सबसे खतरनाक मोड़ है। हर सीजन में दो-चार दुर्घटनाएँ हो जाती हैं। अभी पिछले साल, एक गाड़ी में सवार चार लोग ड्राइवर सहित गिरकर मर गए थे।'

रास्ता सँकरा और तीव्र मोड़ था। मैंने नीचे देखा तो घबराहट हुई थी। मेरे भय को शायद उसने पढ़ लिया था। कुछ दूर चलने पर सुनाई दिया,

'और ये सामने इंडिया गेट है।'

उसने जिस तरफ देखकर कहा, मेरी निगाह भी वहीं पहुँची थी। सड़क को निकालने के लिए, पहाड़ को ऊपर से लेकर नीचे तक काटा गया था। पहाड़ की ढलान के दो हिस्से, रोड के दोनों ओर, किसी गेट के दो खम्भों से प्रतीत हो रहे थे। बीच में से हमारा रास्ता। यह जरूर युद्ध से सम्बन्धित कोई यादगार स्थल होगा। मुझे और अधिक जानने की इच्छा जाग्रत हुई थी। वहाँ पहुँचकर चारों ओर नजर घुमाकर देखा तो मेरा हाथ उसके स्टियरिंग के सामने अनायास ही पहुँच गया था। मेरे संकेत को वो तुरन्त समझ गया था और उसने थोड़ी देर के लिए गाड़ी वहीं रोक दी थी। पीछे और सामने कोई वाहन नहीं था। कुछ पल ठहरा जा सकता था। तसल्ली से चारों ओर नजर दौड़ाई, विहंगम दृश्य था। अद्भुत। अवर्णनीय। दिव्य। मैं मन्त्रमुग्ध था। हॉर्न की आवाज ने शान्ति भंग की थी। पीछे कोई गाड़ी थी। जावेद ने गाड़ी को गियर में डाला, अब हम धीरे-धीरे आगे बढ़ रहे थे,

'और इसे जीरो प्वाइंट कहते हैं।'

'अच्छा! वो क्यों?'

'अब ये तो पता नहीं।' मेरी जिज्ञासा को शान्त करने के लिए उसके पास अधिक जानकारी नहीं थी। मगर उसने अपनी अनभिज्ञता दिखाने में कोई संकोच नहीं किया था।

वो सीधा और सपाट था। मगर रोड अत्यन्त टूटी-फूटी और सफर कठिन हो रहा था। कहीं-कहीं रास्ते में दोनों ओर बर्फ मिल जाती। मिट्टी में लिपटी हुई। कहीं यह भी समझ आ रहा था कि बर्फ को काटा गया है, रास्ता खोलने के लिए। जिसने फिर बर्फ की दीवार बना दी।

मैं चारों तरफ बिखरे प्रकृति से संवाद स्थापित करने का प्रयास कर रहा हूँ।...कुछ दिल ने कहा, कुछ भी नहीं...कुछ दिल ने सुना, कुछ भी नहीं...ऐसे भी बातें होती हैं, ऐसे भी...गीत गाड़ी में बज रहा था। इन शब्दों ने मेरा काम आसान कर दिया है। महान लता के गले में स्वयं सरस्वती विराजमान हैं। लगा कि उन्हीं के स्वर घाटियों से मुझ तक पहुँच रहे हैं, दबे पाँव...

जोजिला से निकलते ही ढलान महसूस हुई थी। अब हम धीरे-धीरे उतर रहे थे। आगे पहला गाँव गुमरी है। मगर यहाँ सेना के जवान और बिजली विभाग के कर्मचारी ही मिलेंगे।

'यह बाईं ओर जो दिखाई दे रहा है, यह बकरवाल लोगों के बच्चों के लिए सरकार ने स्कूल बनाया है।'

'अच्छा! बकरवाल... ?'

'ये भेड़-बकरियाँ चराते हैं।...ये गूजर से अलग होते हैं।...गूजर लोग शायद गाय-भैंस पालते हैं।'

'और बकरवाल शायद यायावर होते हैं? ठीक कह रहे हो।' सुनकर वो आगे बताने लगा...

'ये ठंड में नीचे जम्मू चले जाते हैं और गर्मियों में ऊपर यहाँ अपने जानवरों के साथ आ जाते हैं। पूरी जिन्दगी इनकी घूमने में ही निकल जाती है। एक जगह कभी नहीं टिकते।'

'आज भी!'

'हाँ, इनकी यही जिन्दगी है।'

'संस्कृति कह सकते हैं...।' मैंने कुछ सोचते हुए कहा था और फिर पूछ बैठा, 'मगर ये, इतनी ऊपर, यहाँ, सुनसान पहाड़ों पर क्या करने आते हैं?'

वह कुछ देर के लिए शान्त हुआ था। फिर अचानक बोल पड़ा :

'यहाँ की घास बकरियों और भेड़ों के लिए बहुत सेहतमन्द होती है। इसी को खाकर जानवर तगड़ा हो जाता है। फिर जिसकी कीमत नीचे शहरों में इन्हें अच्छी मिलती है। यही तो इनका धन्धा है।'

और मैं उसके इस व्यावहारिक ज्ञान को सुनकर पूरी तरह सन्तुष्ट हुआ था। तभी उसकी जानकारी के लिए कहने लगा :

'हमारे यहाँ शायद कई बार इन्हें डांगर, गड़ेरिया अर्थात भेड़ चरानेवाला भी कहते हैं...क्या इनके सम्बन्ध-रिश्ते कहीं-कभी गूजरों के साथ भी हो जाते हैं?'

'पता नहीं...' उसे जानकारी नहीं थी और मैं इन बातों पर जानकारी इकट्ठा करने की सदा चाहत रखता हूँ। मनुष्य ने पहले तो समाज बनाया फिर खुद उसका वर्गीकरण कर दिया...मानवीय समाज की संरचना, उसके फायदे-नुकसान, अत्याचार, शोषण—ये सब मुझे बेचैन करते हैं। और मैं इन्हें जोड़ने के ताने-बाने को सपनों में बुनता रहता हूँ।

दोनों तरफ साथ चल रहे पहाड़ आकर्षित कर रहे थे। और मैं सभ्यता के मकड़जाल से बाहर निकल आया था। मटाइन कस्बा गुमरी से सोलह किलोमीटर आगे है। जोजिला के दूसरी तरफ प्रकृति अपना रंग-रूप अचानक बदलने लगती है। हर तरफ कच्चे, नंगे, सूखे पहाड़। और तभी मेरे मन में विचार उत्पन्न हुआ था—अब भू-वैज्ञानिक लगे रहो, इसका कारण जानने में...। प्रकृति में एकरूपता कहाँ है? और तुम इसमें एक जैसे कारण ढूँढ़ते हो! असल में प्रकृति न केवल अपना रूप-स्वरूप बदलती है मगर स्थायी गुण भी बदल लेती है। प्रकृति में सब कुछ परिवर्तनशील है। परिवर्तन ही प्रकृति का मूल गुण है। ऐसे में विज्ञान बौखला जाता है। और इसीलिए जितनी गहराई और विस्तार में वैज्ञानिक जाते हैं, थ्योरी बदलने लगती है। मानव के विज्ञान ने अपने जन्म से लेकर अब तक न जाने कितनी बार उसमें सुधार-बदलाव किया और दावे से कह सकता हूँ, आज के नियम कल टूटेंगे। क्योंकि प्रकृति में एक नियम नहीं।...वैज्ञानिको, तुम करते रहो अपने नियमों का संशोधन, और ऊपरवाला तुम्हारे साथ लुका-छिपी का खेल खेलता रहेगा।

आगे बढ़े तो मटाइन लिखा एक बोर्ड दिखाई दिया था। छोटा गाँव है।

'यह द्रास की तरफ से आनेवालों के लिए ठंड के मौसम में आखिरी गाँव है। इसके आगे रास्ता बन्द हो जाता है।'

'मगर यहाँ कोई व्यवस्था नहीं है? ओके, इस तरफ से टूरिस्ट नहीं आते होंगे।' मैंने खुद ही अपने सवाल का जवाब दिया था। आगे दरस नदी दाईं तरफ होकर साथ-साथ चल रही थी। नदियों ने पहाड़ की ऊँचाइयों से जन्म लेते ही नीचे उतरने के रास्ते स्वयं बनाए। आदिमानव ने इन्हीं पहाड़ों पर चढ़ने-उतरने के लिए नदी के बगल से अपना रास्ता चुना होगा। क्या यह, उन दिनों में, मनुष्य की जाने-अनजाने ही पहली प्राकृतिक खोज नहीं रही होगी? शायद, और यह यकीनन अनायास हुई होगी। तभी तो जब हम पहाड़ों पर चढ़ते हैं तो अमूमन बगल से चलने वाली नदियाँ उतर रही होती हैं। और जब हम ढलान पर उतर रहे होते हैं तो ये हमारे साथ बहती हैं।

पांडव

मेरी निगाह एक विशिष्ट स्थल पर पड़ी थी।

'यह क्या है?'

'इसे द्रौपदी मन्दिर कहते हैं और सामने द्रौपदी कुंड है।'

सुनकर मैं हैरान हुआ था। पौराणिक कथाओं के चर्चित पात्र भिन्न-भिन्न रूप में जंगल-पहाड़-नदी-तालाब में कहाँ कैसे कब मिल जाएँ, कह पाना मुश्किल है। यही लोकथाएँ बनकर जनमानस को प्रेरित करती रहती हैं। इस मन्दिर की उपस्थिति बताती है कि द्रौपदी अर्थात पांडवों से जुड़ी कोई न कोई कहानी इस स्थल से जरूर जुड़ी होगी। अब हम इसकी सत्यता और प्रामाणिकता पर सवाल उठाएँगे और निरर्थक बहस में सबको परेशान करेंगे या फिर झुठलाकर खुद को महान साबित करने का हास्यास्पद प्रयास करेंगे। जबकि ये तो हमारे जीवन को ऊर्जावान बनाते हैं और समाज को जीवन्त रखते हैं। कभी-कभी इतिहास को कल्पना में लाकर उसका आनन्द लेना चाहिए। क्या पांडव यहाँ आए थे? इस स्थान से द्रौपदी का क्या सम्बन्ध? यह सवाल उत्पन्न तो होता है मगर...उन दिनों, कैसा जीवन रहता होगा, बिना किसी आज की भौतिक व्यवस्था के...सोचिए, अनुमान लगाइए और रोमांचित हो जाइए। बस। मैंने एक बार फिर उसी ओर देखा था। उत्सुकता बढ़ने लगी तो रुककर पूछताछ करने का मन किया मगर आसपास कोई नहीं था। तभी अचानक पीछे से एक गाड़ी आकर रुकी थी। उसमें पाँच पर्यटक थे। समूह में घूमने निकले थे। उनसे बातचीत में पता चला कि पांडव राजपाट छोड़कर शान्ति की तलाश में हिमालय की ओर जाते समय यहीं रुके थे। द्रौपदी भी साथ थी और इसी कुंड में नहाया करती थी। दूसरा बोल पड़ा कि स्वर्ग सिधारने से पूर्व पांडव द्रौपदी संग यहाँ आए थे। और आगे बोलने लगा कि सुना है यहाँ का पानी कभी नहीं जमता। उन्हीं लोगों से पता चला कि द्रास के आगे कुछ दूरी पर एक पवित्र भीम पत्थर है। कहा जाता है कि भीम ने उसे रखा था। बैठने के लिए। इसी नाम पर वहाँ के गाँव का नाम भीमभट पड़ा।...कई पर्यटक जानकारियों के साथ घूमने निकलते हैं। मैं उनकी आस्था को महसूस कर सकता था। उनमें से एक ने हाथ जोड़े तो मैंने भी कुंड के सामने सिर झुका लिया था।

वहाँ से आगे बढ़ने पर एक मील के पत्थर पर पंड्रास नाम दिखाई दिया था। यह गाँव सोनमर्ग से पूरे पचास किलोमीटर पर है। और 'पंड्रास' से आगे 'द्रास' मात्र तेरह किलोमीटर।

पंड्रास नाम में पांडव की ध्वनि के संकेत हैं। पहले द्रौपदी कुंड, फिर पंड्रास और आगे भीमभट। यकीनन द्रास में पांडवों का आगमन हुआ होगा। इतनी वीरानी जगह, दुनिया के सर्वाधिक ठंडे स्थानों में से एक, में इन नामों का होना महज इत्तिफाक नहीं हो सकता। इनके पीछे एक लम्बा इतिहास छिपा है।

पंड्रास से आगे भी दरस नदी दाईं ओर से साथ-साथ चल रही थी। और कुछ ही मिनटों में आर्मी का बेस कैम्प दिखाई पड़ा था। बाईं ओर एक बड़े से बोर्ड पर निगाह गई थी...'कैप्टन बत्रा ट्रांजिट कैम्प'...पढ़ते ही बहुत कुछ याद आने लगा।

कारगिल और द्रास, पिछले कुछ सालों में आम भारतीयों के बीच में चर्चा का विषय रहे हैं, साथ ही कैप्टन बत्रा, इस युग का नौजवान फौजी, एक हीरो के रूप में याद किया जाता है। ठीक भी तो है, ऐसे सभी सैनिक सचमुच के नायक हैं। इन्होंने जीवन को अपनी शर्तों पर जिया। इनके जीवन का मकसद साफ और लक्ष्य पर ध्यान केन्द्रित होता है। और इसलिए ये जीवन को अपने तरीके से त्याग कर अमर हो जाते हैं। कुछ एक का नाम होता है तो अनेक गुमनाम ही रह जाते हैं। मगर इन्हें इसकी परवाह नहीं होती। ये शोहरत की चाहत में बलिदान नहीं देते।

'वो, सामने, वो...वही है टाइगर हिल।' जावेद को आगे कुछ भी कहने की आवश्यकता नहीं थी। मीडिया के युग में, कारगिल युद्ध घर-घर पहुँचा और टाइगर हिल टीवी स्क्रीन से भारतीय आँखों में सदा के लिए बस गया। फर्क सिर्फ इतना कि आज मैं उसे साक्षात् देख पा रहा हूँ।

और मैं कैप्टन बत्रा और उसके साथी सैनिकों को उस टाइगर हिल की ऊँचाइयों पर खड़ा हुआ देखने की कल्पना करने लगा।

द्रास

द्रास और कारगिल का नाम आते ही भारत-पाक युद्ध का एक लम्बा इतिहास आँखों के सामने तैर जाता है। इसे अब क्या कहें? यह अपनी कई अन्य विशेषताओं के बावजूद आमजनों में कुछ ऐसी घटनाओं के कारण जाने और पहचाने जाते हैं जिससे इतिहास बच सकता था। हैरानी तो यह जानकर हुई कि यह एकमात्र ऐसा क्षेत्र है जहाँ भारत-पाक के सभी युद्ध लड़े गए। चाहे 1947-48 हो या फिर 1965, 1971 और 1999 का कारगिल युद्ध। और हर युद्ध के बाद यहाँ कुछ न कुछ भौतिक विकास हुआ। अर्थात विनाश से विकास की यात्रा। ऐसा ही कुछ लद्दाख के साथ भी है। इतिहास को देखें तो पाएँगे कि आधुनिक कालखंड में ये क्षेत्र कई वर्षों तक देश-दुनिया की मुख्यधारा से कटे रहे। स्वतन्त्रता के बाद भी यहाँ का भौतिक विकास सेना की आवश्यकता व सामरिक महत्त्व के कारण ही किया गया। जबकि प्राचीन काल में लेह एक प्रमुख केन्द्र होता था। यही नहीं श्रीनगर से लेह के रास्ते में आने के कारण द्रास और कारगिल का भी अपना महत्त्व था। पौराणिक काल के नामी स्थान की वर्तमान काल में पहचान मानो अभी बाकी थी। और वह पूरी हुई 1998-99 के कारगिल युद्ध से। इसके बाद तो जैसे मानो द्रास और कारगिल के भाग्य खुल गए। कह सकते हैं कि हर एक युद्ध में इस क्षेत्र ने जो दुख व पीड़ा सही उसके बदले में उसे साधन व सुविधाएँ प्राप्त हुईं।

हम धीरे-धीरे आगे बढ़ रहे थे। देखते हुए। कोई जल्दबाजी नहीं थी। यहाँ मंजिल नहीं यात्रा महत्त्वपूर्ण थी। काश! ऐसा ही कुछ, जीवन के लिए भी हम स्वीकार करें। द्रास पहुँचते-पहुँचते दोपहर ढलने लगी थी। टाइगर हिल का नोकीला शिखर बार-बार अपनी ओर ध्यान आकर्षित कर रहा था। द्रास से कारगिल के बीच में ऐसे कई स्थान हैं जहाँ युद्ध की बातें आज भी ताजा हैं और स्थानीय लोग बड़े खुलकर इस बारे में विस्तार से चर्चा करते हैं। जावेद अपने हिस्से की जानकारियाँ देने की कोशिश में था। रास्ते-भर जगह-जगह फौज की मौजूदगी देखी जा सकती थी। कुछेक स्थानों पर रास्ते के एक तरफ पत्थरों की दीवार खड़ी दिखी। पूछने से पहले ही जावेद ने बताया कि युद्ध के पहले चूँकि सामने की पहाड़ी की चोटी पर दुश्मन पहुँच चुका था और उसके निशाने पर सड़क का कुछ भाग सीधे-सीधे आ रहा था, अत: दुश्मन की नजर और हमले से बचने के लिए पत्थरों की दीवार खड़ी की गई थी। रातोरात। जिससे रात के अँधेरे में सेना की गाड़ियाँ सुरक्षित निकल सके। वो भी हेडलाइट बुझा करके।

ऐसा नहीं कि ये क्षेत्र सिर्फ युद्ध के कारण ही विशिष्ट हैं। ये तो दुनिया में अपना स्थान प्रारम्भ से ही सुनिश्चित किए बैठे हैं। द्रास दुनिया का सबसे ठंडा मानव का बसेरा है, साइबेरिया के बाद। यूँ तो द्रास कारगिल जिले का एक कस्बा मात्र है, लेकिन इसे गेटवे ऑफ लद्दाख भी कहते हैं। दरस नदी से बनी द्रास की घाटी जोजिला से प्रारम्भ हो जाती है। और लद्दाख के मध्य भाग तक फैल जाती है। यह सदियों से तिब्बत और मध्य एशिया के अन्य स्थानों से सम्पर्क के प्रमुख मार्ग का महत्त्वपूर्ण पड़ाव रहा है। यहाँ के स्थानीय लोग भीषण ठंड के कारण अत्यन्त कष्टप्रद जीवन जीते हैं। नारकीय। दरस नदी से ही द्रास नाम पड़ा। जिसका अर्थ स्थानीय भाषा में नरक होता है। यह प्राचीनकाल से चले आ रहे दर्दिस्तान का भी एक भाग है। यह स्वयं तो समुद्र तल से तकरीबन 11 हजार फीट की ऊँचाई पर स्थित है मगर इसके चारों ओर 16 हजार से 21 हजार फीट की पहाड़ियाँ इसे घेरे खड़ी हैं। यहाँ का तापमान अमूमन सर्दियों में माइनस 45 सेंटीग्रेड तक गिर जाता है। रिकार्ड की बात करें तो माइनस 60 तक इसे नापा गया है। यहाँ अन्य क्षेत्रों की तुलना में बर्फ भी ज्यादा गिरती है, इसलिए इसे हम बबस अर्थात बर्फीली वादी भी कहते हैं। यह खुली वादी है। यूँ तो यहाँ पर मुस्लिम बहुसंख्यक हैं लेकिन बौद्ध धर्मी भी बड़ी संख्या में यहाँ रहते हैं। इतिहासकारों के हिसाब से यहाँ के लोग हिन्दू आर्य जाति की दार्दी उपशाखा के हैं। दरद भी कहलाते हैं। और 'शीना' नाम की भाषा बोलते हैं। शीना दारदी (दार्दी) भाषा है जबकि दारदी स्वयं हिन्दू-आर्य भाषाओं की एक उपशाखा है। अन्य दारदी भाषा में कश्मीरी प्रमुख है। यहाँ के निवासियों के चेहरों की बनावट लद्दाखियों से अधिक कश्मीरियों से मिलती-जुलती है।

'नमक की चाय पीएँगे ?'

'नमक की!' मेरा आश्चर्य करना स्वाभाविक था।

'हाँ, यहाँ नमकीन चाय पी जाती है। ठंड और ऑक्सीजन की कमी में यह फायदा करती है। साथ ही खुश्की से बचने के लिए चाय में मक्खन-मलाई भी खूब डाली जाती है।'

मैं कुछ समझ नहीं पाया था इसलिए उत्सुकतावश तुरन्त हाँ बोल गया। छोटी-सी अव्यवस्थित चाय की दुकान, ढूँढ़ने से मिली थी। जबकि जावेद तो इस रास्ते पर आता-जाता रहता है।

नमकीन चाय का स्वाद समझ पाना मुश्किल था। हाँ, मेरे कहने पर अलग से शक्कर की चाय बना दी गई तो ठंड और थकावट में मजा आ गया था। बातचीत में पता चला कि कारगिल युद्ध के बाद पर्यटकों का यहाँ आना-जाना बढ़ा है। और स्थानीय लोगों को इससे फायदा हुआ है। वैसे भी इस क्षेत्र में आसपास ट्रैकिंग के बहुत सारे स्थापित मार्ग हैं। पहाड़ों पर चलने-चढ़ने के शौकीनों के लिए यह एक उत्तम स्थान है।

द्रास से थोड़ा आगे, कारगिल युद्ध की याद में बनाया गया 'कारगिल-द्रास वॉर मेमोरियल' एक दर्शनीय व लोकप्रिय स्थान बनता जा रहा है। यह टोलोलिंग पहाड़ के नीचे, फुट हिल में, स्थित है। टोलोलिंग की लड़ाई कारगिल युद्ध की भीषण लड़ाइयों में से एक है। उन दिनों आम भारतीयों के बीच टोलोलिंग भी चर्चा में रहा। मेमोरियल यहाँ बड़ा विशिष्ट दृश्य प्रस्तुत करता है। तकरीबन सभी पर्यटक रुककर इसे देखते हैं। यह कई मामलों में भिन्न है। रख-रखाव, वास्तुकला एवं युद्ध की विस्तारपूर्वक जानकारियाँ और उसी के बहाने इतिहास और आसपास की पहाड़ियों के बारे में भी पता चल जाता है। इसे विजयपथ के नाम से भी जाना जाता है। इसे भारतीय सेना ने बनाया है। वर्ष 1999 के भारत-पाकिस्तान युद्ध में मारे गए शहीद जवानों की याद में।

गाड़ी से उतरा तो तेज हवा में ठंडक थी। गर्मी में ये हाल है तो ठंड में क्या होता होगा? सोचकर कँपकँपी छूटी थी। ऐसे स्थान पर युद्ध करना! कितना कष्टप्रद होगा? अर्थात उन सैनिकों में गजब का देशप्रेम होगा। यही सोचते हुए आगे बढ़ा तो देखा कि वीरगति को प्राप्त सैन्य अधिकारियों एवं जवानों के नाम लिखे गए हैं। नामों से साफ पता चल रहा था कि वे विभिन्न प्रदेशों से सम्बन्धित थे। धीरे-धीरे न जाने कहाँ से ऊर्जा का संचार होने लगा और ठंड दूर हो रही थी। अगर आत्मा है तो यकीनन इतनी पुण्य आत्माएँ यहाँ बसी होंगी। आखिर कुछ तो है जो व्यक्ति को अहसास कराता है। इन्हीं की याद में, हर वर्ष 26 जुलाई को यहाँ कारगिल विजय दिवस मनाया जाता है।

मेमोरियल बनानेवाले की कल्पना-शक्ति कुछ हटकर महसूस होती है। बाईं ओर, अमर जवानों की याद में उनके नाम लिखे पत्थरों को व्यवस्थित रूप में, अर्ध

गोलाकार पंक्तियों में, कतारबद्ध गाड़ा गया है। ऐसा लगता है कि मानो यह उनका सभागार हो। सामने, स्मारक के बीच में, अमर जवान की अमर ज्योति जल रही है। पीछे, भारत का विशाल तिरंगा झंडा फहरा रहा है। वहाँ मेरा मस्तक श्रद्धा से स्वयं झुक गया था। दूसरी तरफ साथ ही बने एक कमरे में, युद्ध की तस्वीरें व्यवस्थित ढंग से लगाई गई हैं। यह 'मनोज वॉर गैलरी' है। 1/11 गोरखा रायफल्स का एक अधिकारी, जिसके बहादुरी के चर्चे आज भी याद किए जाते हैं। जिसकी हिम्मत और बलिदान के लिए सेना का सर्वश्रेष्ठ परमवीर चक्र प्रदान किया गया। ये तस्वीरें ध्यान से देखने पर जीवन्त हो उठती हैं, लगा कि मैं स्वयं इनके साथ हूँ और एक नई ऊर्जा ग्रहण कर रहा हूँ। अचानक न जाने क्यों मुझे इनके परिवारजन याद आ रहे हैं। खासकर, जवान विधवाएँ, बूढ़ी माताएँ और अनाथ हो चुके मासूम बच्चे। हे भगवान! और जब ये कारगिल दिवस पर यहाँ इकट्ठा होते होंगे तो भावनाओं का समन्दर बहता होगा।...मैं यहाँ से उन सभी चोटियों को देख सकता हूँ जिसे इन वीर जवानों ने पाकिस्तान से वापस कब्जे में लिया था।

इन भावनाओं में बहते हुए हम कारगिल की ओर बढ़े थे। यहाँ तैरना शब्द प्रयोग किया जाना चाहिए। कारण कि सड़क इतनी बेहतरीन है कि महानगरवासी भी अचम्भित हो जाएँ। द्रास से कारगिल करीब 60 किलोमीटर है मगर सफर का पता ही नहीं चला।

कारगिल

कारगिल पहुँचे तो अँधेरा होने लगा था। अच्छा बड़ा कस्बा लग रहा था। यह, लद्दाख क्षेत्र का, लेह के बाद, सबसे बड़ा शहर है। यह श्रीनगर और लेह के तकरीबन बीचोबीच स्थित है। श्रीनगर से लगभग 204 किलोमीटर और लेह से लगभग 234 किलोमीटर। यह सुरू नदी के घाट पर स्थित है। यहाँ भी तापमान ठंड में माइनस 48 तक गिर चुका है। जबकि गर्मियों में यह दिन में गर्म और रात को ठंडा होता है। कारगिल के स्थानीयजन दार्द (दरद) एवं तिब्बतियन वंशज के लोग हैं। और 14वीं शताब्दी तक तिब्बती बौद्ध धर्म के अनुयायी थे। जबकि वर्तमान में 90 प्रतिशत जनसंख्या शिया मुस्लिमों की है। जावेद ने भी यह बात बताई थी। कह रहा था कि कश्मीर में सुन्नी बहुसंख्यक हैं। मात्र इतनी-सी दूरी में एक ही धर्म के दो सम्प्रदाय के दो केन्द्र। जोजिला के एक तरफ सुन्नी और दूसरी तरफ शिया। इतिहास हैरान करता है। यकीनन इन घाटियों में सम्बन्धित मत के राजा और धर्मगुरुओं का प्रभाव रहा होगा। बहरहाल, मात्र इसी कारण से अपनी यात्रा का एक और नाम रखा था, प्रतीकों में, सुन्नी बहुसंख्यक घाटी से शिया बहुसंख्यक घाटी की यात्रा।

कारगिल की प्राचीन मस्जिदों में तिब्बतियन वास्तुकला के नजारे देखे जा सकते हैं जबकि आधुनिक मस्जिदों में ईरान और अरब शैली की छाप साफ दिखाई देती है। आसपास के मुख्य आकर्षणों में अति प्राचीन गोम्पा अर्थात बौद्ध मठ स्थित है। जिनकी चर्चा किए बिना कारगिल अधूरा-सा प्रतीत होता है। यह पूर्व में भी बौद्ध पर्यटन के रूप में विश्वप्रसिद्ध था। पीछे, हेम-बवस यानी दरस क्षेत्र में मैत्रीय बुद्ध की प्रतिमा चट्टानों को काटकर बनाई गई है। अर्थात 200 ईसा पूर्व से, इस क्षेत्र में बुद्ध की मूर्तियाँ बनाने का काम चल रहा है।

इतनी बातें पढ़कर आया था। और अधिक जानने के लिए मैं स्थानीय तथ्य व चर्चा पर अधिक विश्वास करता हूँ। पहले से अधिक पढ़ लेने से देखने-घूमने का मजा आधा हो जाता है। मूल जानकारी लेकर घूमने निकलना फिर वापसी में विस्तृत लिखित जानकारी को पढ़ना, यह मजेदार होता है। वरना कई बार लेखक और पर्यटक के विचार व दृष्टिकोण आपस में नहीं मिलते। कभी-कभी लिखित जानकारियाँ धरातल की वास्तविकता से मेल नहीं खातीं। और सारा समय भ्रम में ही व्यर्थ चला जाता है।

रात कारगिल के टूरिस्ट रिसेप्शन सेंटर में गुजारी थी। होटल ठीक-ठाक था। अगर आपने अच्छे होटलों में रहने की आदत डाल रखी है, मैं कहूँगा खराब कर रखी है, तो फिर कुछ नहीं कह सकते। वरना यहाँ भी सभी आवश्यक सुविधाएँ उपलब्ध थीं। सिर पर छत, सोने के लिए बिस्तर और नहाने व नित्य-क्रिया के लिए गर्म पानी के साथ साफ-सुथरा स्नानगृह। और क्या चाहिए? ऐसे में, पूर्व में यहाँ का जीवन कितना कष्टप्रद रहा होगा, सोचने मात्र से और अधिक आराम का अहसास हो जाता है। जल्दी खाना खाकर आराम करना चाह रहा था। जिससे सुबह जल्दी से जल्दी

निकलकर उजाले में अधिक से अधिक घूमकर ज्यादा से ज्यादा देख सकूँ। खाना सादा और साफ-सुथरा था। बिस्तर पर लेटा तो नींद गायब थी। पीछे इकट्ठा की गई जानकारियाँ, दृश्य बनकर उभर रही थीं।

कारगिल सुरू नदी के किनारे बसा है। द्रास से आ रही दरस नदी, पीछे कसगर के पास खारूल में, कारगिल से जा रही सुरू नदी में समा जाती है। जो फिर आगे जाकर पाकिस्तान के क्षेत्र में प्रवेश कर सिन्धु महान से जा मिलती है। पीछे द्रास से आने पर, सुरू नदी के साथ-साथ चल रही रोड बाजार में प्रवेश कर जाती है। कस्बे के बीच में एक बड़ा इमामबाड़ा है। वर्तमान कारगिल कस्बे की दाहिनी हाथ की पहाड़ी पर गोङमा नाम का गाँव है। पूर्व में यहाँ के निवासी यहीं रहा करते होंगे। रोड पर आगे चलने पर लेह और बटालिक का रास्ता जाता है। कारगिल से दक्षिण की ओर, सुरू वादी व जंस्कार के लिए अलग सड़क मार्ग है। जंस्कार (जस्कर या जांस्कर) यहाँ से लगभग 200 किमी है। मगर यह भी ठंड में पेनजिला (पेनसिला) दर्रे में बर्फ गिरने से बन्द हो जाता है। कारगिल वासियों को स्थानीय भाषा में पुरिकपा कहते हैं, इसका अर्थ तिब्बती जाति के लोग और इनकी भाषा पुरीकी कही जाती है। यह लद्दाखी भाषा से मिलती-जुलती है।

कहा जाता है कि राजवंश के तीन भाई, गिलगित से चलकर यहाँ आए और उन्होंने तीन किले बनवाए। कारगिल इन्हीं तीन किलों से घिरा है। इसलिए भी कारगिल कहलाता है। स्थानीय भाषा में कार (खार) अर्थात दुर्ग-किला और गिल (किल) अर्थात बीच का। किलों के बीच का स्थान। वैसे भी कारगिल के चारों ओर कई राज्य और रजवाड़े थे। इसीलिए इनके बीच के स्थान को कारगिल कहा गया। कुछ लोगों के मतानुसार ताथ (थाथ) राजवंश के एक प्रभावशाली विद्वान के नाम पर यहाँ का नाम कारगिल पड़ा।

कारगिल-द्रास युद्ध की बात करें तो बटालिक के बिना यह चर्चा अधूरी है। यह एकदम पाकिस्तान की सीमा के साथ लगा है। कारगिल, लद्दाख का एक केन्द्र कहा जा सकता है। जहाँ से एक ओर द्रास तो दूसरी ओर पूर्व में लेह। जबकि ऊपर उत्तर में बटालिक और दक्षिण में जंस्कार। कारगिल-बटालिक मार्ग सिल्मो होते हुए आगे जाकर श्रीनगर-लेह मार्ग पर ही जा मिलता है। इसी दिशा में स्थित कारगिल-स्कार्डू मार्ग सभी मौसम में खुला रहता है। मगर अब स्कार्डू का क्षेत्र पाकिस्तान में चला गया है।

सुबह-सुबह बटालिक देखने के बाद वापस आकर फिर जंस्कार जाने की योजना बनाई थी। और यह सही साबित हुई। बटालिक का अपना सौन्दर्य और शौर्य है।

चौथा दिन

बटालिक-डोगयुल

सुबह अच्छा भरपेट नाश्ता करके निकलना हर तरीके से फायदेमन्द होता है। रास्ते में खाने की तलाश नहीं करनी पड़ती और हल्का कुछ खाकर अधिक समय घूमने में बिताया जा सकता है। बटालिक जाने के लिए आवश्यक परमिट चाहिए। जावेद के कई जानकार हैं कारगिल में। इसीलिए सुबह का अधिक समय इसमें नहीं लगा था। सिल्मो पहुँचने से पहले हमबोतिंगला (दर्रा) पास करना पड़ा था। यह करीब 13600 फीट पर है। मगर जोजिला पार कर लेने के बाद ऊँचाई का भय निकल चुका था। सिल्मो हम जल्दी पहुँच गए थे। सिल्मो से आगे साथ ही बटालिक का क्षेत्र है। फौज की संख्या और हर जगह पर्यटक की पूछताछ, इससे समझा जा सकता है कि यह एक संवेदनशील क्षेत्र है। न जाने क्यूँ लगा कि द्रास-कारगिल-बटालिक, ये पूरा क्षेत्र, वर्तमान काल में, भारत का 'कुरुक्षेत्र' है। बटालिक को 'पानीपत' विशेष नाम दिया जा सकता है। स्वतन्त्रता के बाद यह पूरा क्षेत्र काफी सालों तक अशान्त रहा। पिछले कुछ दिनों से शान्ति है। यहाँ सिन्धु नदी मिल जाती है। जो आगे जाकर पाकिस्तान में यहीं से प्रवेश करती है।

सिन्धु यहाँ बेहद खूबसूरत दृश्य प्रस्तुत करती है। इसी सिन्धु महान के बगल से लेह की ओर जानेवाले रास्ते की ओर मुड़कर थोड़ी दूर स्थित दरचिक, गरकोन होते हुए दा और हनु गाँव तक पहुँचा था। यहाँ के निवासी स्वयं को एलेक्जेंडर की सेना से जोड़ते हैं। कहा जाता है कि इनके पूर्वज एलेक्जेंडर की सेना में थे और सिन्धु नदी के किनारे-किनारे चलते हुए इस क्षेत्र में बस गए। कइयों का मत है कि ये सिन्धु घाटी से विस्थापित होकर नदी के साथ-साथ फैलते चले गए। इनके नैन-नक्श तीखे और यकीनन भिन्न हैं। इन्होंने अपनी संस्कृति को बचाया हुआ है। इन्हें दरद कहा जाता है। इन्हें ब्रोकपा, ड्रोक्पा, डोगपा और शीन भी कहा जाता है। इन्हें मूल आर्य से भी जोड़कर देखा जाता है। इनमें से अधिकांश ने न तो बौद्ध धर्म स्वीकार किया न ही इस्लाम। ये यहाँ बसे करीब 200 परिवारों में ही शादी-ब्याह और सम्बन्ध रखते हैं।

ये प्रतिवर्ष एक विशिष्ट त्योहार मनाते हैं जिसमें वे अपने पूर्वजों और उनकी बस्तियों और देशान्तरण को मौखिक रूप से याद करते हुए दोहराते और गाते हैं। इस तरह वे अपने अतीत को जिन्दा रखे हैं और मूल जड़ों से जुड़े हुए हैं।

इन दरद लोगों का क्षेत्र वर्तमान में दरचिक, गरकोन से लेकर हनुथंग तक है जो कि पूर्व में खलसी तक विस्तारित था। अर्थात सिन्धु नदी के किनारे-किनारे। इस पूरे क्षेत्र को डोगयुल भी कहते हैं। वर्तमान पाकिस्तान के गिलगित के रास्ते से भी इनका आना-जाना था। यदि इतिहास का अनुमान सही है तो ये 300 ई.पू. यहाँ बस गए थे। अर्थात तिब्बती व मंगोलवंशी के यहाँ पहुँचने से पूर्व। आज भी ये स्थानीय लद्दाखियों से भिन्न हैं। ये लम्बे नाक, ऊँचा कद, नीली आँख व चौड़े कन्धों अर्थात अच्छे डीलडौल के होते हैं। इनकी संस्कृति, वेशभूषा, खानपान, सामाजिक रीति-रिवाज, त्योहार व भाषा सब कुछ भिन्न और विशिष्ट है।

जंस्कार

बटालिक से वापस दोपहर होने से भी पहले आ गए थे और अब सुरू नदी के किनारे-किनारे जंस्कार की ओर चल पड़े थे। सुरू नदी पंझेला ग्लेशियर जो कि पेनसिला (पेनजिला) दर्रे के पास उपस्थित है, से निकलती है। यह जंस्कार घाटी के पश्चिम और उत्तरी दिशाओं की सीमाओं को सुनिश्चित करती है। यह खुद की सुरू घाटी का भी निर्माण करती है। इसकी सीमाओं में बँधकर कारगिल जिले का निर्माण हुआ। इस नदी में रॉफ्टिंग करने का अपना ही मजा है। और इसी पेनजिला दर्रे से जंस्कार की स्तोद (डोडा) नदी की उत्पत्ति होती है। शिंगोला और बरलाचा दर्रों की बर्फीली घाटियों से निकलने वाली दो नदियाँ मिलकर लुङनक नदी बनाती हैं जो स्तोद नदी के साथ जा मिलती है और आगे जंस्कार नदी के रूप में मानी जाती है। यह अपने नाम की जंस्कार घाटी बनाते हुए अन्त में सिन्धु महान में समा जाती है। जंस्कार नदी को सिन्धु नदी की छोटी बहन भी कहा जाता है। जंस्कार जाने के लिए सुरू घाटी से होकर ही जाना था। कुछ ही दूर जाने पर रास्ते में सफेद रंग के विशिष्ट निर्माण दिखाई दिए थे। इन्हें बौद्ध धर्म में स्तूप कहते हैं।

रास्ते में चाय पीने के लिए रुके तो वहाँ दुकान पर एक लामा मिला था। किसी लामा से यह पहली मुलाकात थी। बातचीत में कुछ मूल जानकारियाँ मिली थीं। छोदतेन (छोरतेन), छोद का अर्थ स्तुति और तेन का अर्थ आधार। अर्थात स्तुति का आधार, स्तूप। यह किसी पवित्र बौद्ध के सम्मान में निर्मित होता है। इसके अन्दर धार्मिक वस्तुएँ, महापुरुषों/लामा की अस्थियाँ, रत्नों, अन्न के अंश, पवित्र ग्रन्थ रखे जाते हैं। इनके चारों ओर परिक्रमा करने से पुण्य मिलता है। जो स्थान अपवित्र या अशुभ है, जहाँ भूत-प्रेत आदि का सन्देह हो, ऐसे स्थान को दोषमुक्त करने के लिए इनका निर्माण होता है। ये अमूमन सड़कों के पास या ग्रामों व घरों के प्रवेशद्वार पर

स्थित होते हैं। भयंकर रोग/महामारी को रोकने/दूर करने के लिए भी इनको बनाया जाता रहा है। यह स्तूप लद्दाख–तिब्बत में छोरतेन व पूर्वी एशिया में पगोडा के नाम से जाने जाते हैं।...और मैं रास्ते में बने सफेद रंग के छोटे–बड़े स्तूपों का ध्यान करने लगा था।

लद्दाख के दक्षिण भाग को जंस्कार कहा जाता है। यूँ तो यह भी छह महीने शेष भारत से कट जाता है। मगर कुछ दिनों तक सर्दियों में जंस्कार नदी के बहाव के जमने से तैयार पगडंडी पर चादर रोड तैयार हो जाती है। कारगिल से रास्ता संकू होते हुए रंगदूम के आगे पेनजिला दर्रा पड़ता है। जंस्कार के लिए इसे पार करना पड़ता है। सुरू घाटी के आगे जंस्कार कह सकते हैं। संकू मात्र 42 किलोमीटर है कारगिल से। मगर यहाँ आकर एक और दृश्य देखने को मिलता है। चारों ओर पथरीले रंगीले पहाड़ और बीच में घना जंगल। ऐसा लगता है कि यह मानव निर्मित जंगल है। आगे पनिखर पहुँचने से पहले ही नूनकुन के दर्शन हो जाते हैं। जबकि यहाँ की घाटी गर्मियों में हरियाली के कारण अति सुन्दर दिख रही थी। आगे रंगदूम सुरू घाटी का अन्तिम छोर है। रंगदूम चारों ओर ऊँची–ऊँची पहाड़ियों से घिरा है। ठीक बीच में स्थित गोम्पा विहंगम दृश्य प्रस्तुत कर रहा था। थोड़ा आगे चलकर सामने नून और कून की चोटियाँ थीं।

एक बार फिर मेरे पास शब्दों की कमी हो रही थी। सुरू घाटी के प्रारम्भ से लेकर यहाँ पेनजिला दर्रा तक जो दृश्य उपस्थित हुए वे पहले से भिन्न थे। यहाँ हिमालय का शृंगार विशिष्ट था। घाटी की हरियाली, पहाड़ों के ढलान से नीचे नदी

तक और शिखर पर श्वेत बर्फ। मनमोहक दृश्य। उस पर नूनकुन पर्वत के शिखर, सुन्दरता पर भव्य व अलौकिक तिलक के समान लगे प्रतीत हो रहे थे। ये चोटियाँ आकाश को छूती प्रतीत होतीं। ब्रह्मांड से संवाद स्थापित करती हुईं। काफी दूर से दिखने लगीं और काफी दूर तक दिखती रहीं।

नूनकुन गिरी पिंड : इस विशाल हिमालय पंक्ति में लद्दाख का सबसे ऊँचा शिखर है। इसकी औसत ऊँचाई सात हजार मीटर है। जिसमें दो प्रमुख पर्वत हैं। पहला नून (7135 मीटर) तकरीबन 23409 फीट और दूसरा कुन 7077 मीटर (23218 फीट) पर स्थित है। इन चोटियों पर सुरू घाटी द्वारा पहुँचा जा सकता है। यहाँ तक जाने के लिए पेनजिला दर्रा पार करना पड़ता है। पेनजिला पास (14436 फीट) जंस्कार का गेटवे है और सुरू घाटी और जंस्कार घाटी को जोड़ता है। यहीं है ड्रेंग ड्रूंग ग्लेशियर। जो सिचाचिन के बाद सबसे बड़ा ग्लेशियर है। यहीं से स्तोद नदी का स्रोत है। वैसे यह स्वयं एक बर्फ की नदी है।

पदुम : जंस्कार क्षेत्र का मध्य भाग है। कारगिल जिले का, जंस्कार सब डिवीजन का हेडक्वार्टर है। यह हमारी जंस्कार यात्रा का अन्तिम छोर था। यह पूर्व में जंस्कार राज्य की राजधानी भी रह चुका है। यहाँ मिट्टी से बना राजा का महल है। जो अब न के बराबर है। पदुम का नाम आचार्य पद्मसम्भव के नाम पर रखा गया। वे यहाँ 7वीं शताब्दी में आए थे। पदुम लुङनक नदी की घाटी में स्थित है। इसके आसपास कई प्राचीन व महत्त्वपूर्ण गोम्पा हैं। इसीलिए इसे छोस्युल अर्थात धर्म का देश कहा जाता है।

गर्मियों के मौसम में इस क्षेत्र में हरियाली है। यहाँ के निवासी मुख्य रूप से किसान हैं। साथ ही भेड़-बकरियाँ-याक और घोड़े-खच्चर पालते हैं। दूसरे क्षेत्रों की तुलना में यहाँ दूध-दही और मक्खन बड़ी मात्रा में होता है। यहाँ याक की मादा जाति, जिसे जोमो के नाम से जाना जाता है, बड़ी संख्या में दूध के लिए पाली जाती है।

सभी गोम्पा में जाना तो सम्भव नहीं था मगर कोशिश थी कि कुछ एक महत्त्वपूर्ण गोम्पा जरूर देखूँ। और उनमें विशिष्टता खोजूँ। ऊपर से सभी एक से नजर आते हैं, प्रकृति एवं आसपास की परिस्थिति को छोड़ दें तो, मगर इतिहास और भीतर की व्यवस्था भिन्न-भिन्न होती है।

कनिक स्तूप - सनि गोम्पा : जंस्कार के सनि गाँव में स्थित है। जो पदुम से मात्र छह किलोमीटर दूर है। इस गोम्पा के ठीक पीछे कनिक स्तूप है जिसका सम्बन्ध प्रसिद्ध योगी नरोपा से है। जबकि इसे अशोक के दूत ने बनाया और दूसरी शताब्दी में कुषाण महाराज कनिष्क ने यहीं पर मठ बनवाया। महाराज कनिष्क ने स्तूप का जीर्णोद्धार भी किया था। उन्हीं के नाम पर यह स्तूप है। ऐसा माना जाता है कि यह बौद्धों के लिए दुनिया के आठ पवित्र स्थानों में से एक है। तभी यहाँ 7वीं

शताब्दी में आचार्य पद्मसम्भव आए और दसवीं शताब्दी में योगी नरोपा पधारे। इस सन्त ने इस स्तूप के भीतर रहकर महीनों ध्यान-साधना की थी। यहाँ छोटा-सा कमरा है, जिसमें योगी की काँसे की मूर्ति स्थापित है। इस आकृति को वर्ष में केवल एक बार जुलाई के महीने में दो दिन देखा जा सकता है। इन दिनों यहाँ एक त्योहार सानी जंस्कार अर्थात सनि (सानी) के दर्शन नाम से मनाया जाता है। जहाँ वरदान मठ के मठवासियों द्वारा नकाब नृत्य प्रस्तुत किया जाता है। इस मठ की वर्तमान स्थिति व्यवस्थित नहीं है। मगर यह इस बात से अन्य मठों से भिन्न ही है कि यह जमीन पर स्थित है न कि अन्य गोम्पाओं की तरह पहाड़ी की चोटी या ढलान पर।

करशा गोम्पा : यहाँ का सबसे बड़ा गोम्पा है, करशा गाँव में। वहाँ पहुँचे तो एक लामा से मुलाकात हुई। बौद्ध भिक्षुओं से ज्ञान मिल रहा है। बातचीत में पता चला कि लद्दाख प्राचीन काल से महायान धर्म का केन्द्र है। लद्दाख व जंस्कार में बौद्ध धर्म का आधार केवल आध्यात्मिक न होकर बौद्धिक भी है। गोम्पा का स्थानीय भाषा-लद्दाखी में अर्थ होता है निर्जन स्थान या एकान्तवास। यही कारण है कि अधिकांश गोम्पा पहाड़ी स्थान की ऊँची-नीची चोटी या ढलान पर या सिन्धु नदी या सहायक नदी के किनारे, निर्जन स्थान पर स्थित होते हैं। दूर से किले के समान दिखते और होते भी हैं। आन्तरिक भाग देवालय होता है। रिन्पोछे (प्रधान लामा) का कक्ष प्राय: भवन के शिखर पर होता है। जो छत के बरामदे से संलग्न रहता है। सभी गोम्पाओं के अपने धार्मिक उत्सव होते हैं। लद्दाख में कला की दृष्टि से भी इन गोम्पाओं का विशिष्ट स्थान है।

कह सकते हैं कि इनसे धर्म, समाज, राजपाट भी प्रत्यक्ष-अप्रत्यक्ष रूप से नियन्त्रित होता होगा। ये उन दिनों में सम्पूर्ण क्षेत्र का एक महत्त्वपूर्ण केन्द्र बिन्दु होते होंगे। प्रभावशाली। ताकतवर। मानसिक और शारीरिक रूप से भी। जंस्कार क्षेत्र में सबसे बड़ा व सर्वाधिक महत्त्वपूर्ण मठ यही है। करशा गोम्पा के संस्थापक चंगसेम शेसरब जंगपो थे जो कि गेलुकपा सम्प्रदाय के प्रवर्तक लामा चोडरवापा के प्रमुख शिष्य थे। गोम्पा के नजदीक से डोडा नदी, जो कि आगे जाकर जंस्कार नाम से जानी जाती है, बहती है। यह गोम्पा भी आचार्य पद्मसम्भव को समर्पित है। यहाँ, चट्टानों को काटकर बनाई गई कलाकृतियाँ और मूर्तियाँ देखने लायक थीं। यह दलाई लामा के छोटे भाई के नियन्त्रण में है। यहाँ का चर्चित त्योहार करशा गुस्तर तिब्बती ग्यारहवें महीने की 26 से 29वें दिन के बीच मनाया जाता है।

स्टोगन्दे मठ : पदुम से करीब 18 किलोमीटर पर स्थित स्टोगन्दे स्थान पर यहाँ का दूसरा बड़ा मठ है। यह भी अति प्राचीन है। मगर आज भी व्यवस्थित और चर्चित है। इस मठ की नींव तिब्बत योगी मार्पा ने रखी थी। इस मठ में भी काफी

संख्या में पूजास्थल बने हुए हैं। इसे बाद में गेलुकपा (गेलुगपा) सम्प्रदाय के द्वारा अपने नियन्त्रण में लिया गया।

इसके अतिरिक्त फुगलल और जोङखुल गोम्पा भी आसपास ही हैं। इनकी विशेषता है कि ये गुफाओं में बने हैं।

यहाँ आकर पता चला कि जंस्कारी लोग नाचने और गाने के बेहद शौकीन होते हैं। यकीनन यहाँ का जीवन दुनिया की भौतिकता से दूर है। अतः दैनिक जीवन, अति साधारण मगर सुखमय और शान्तिमय होता होगा। प्रकृति की गोद में। यही कुछ सोचता हुआ मैं वापस कारगिल के लिए निकल पड़ा था।

पाँचवाँ दिन

कारगिल और लेह के बीच

कल जंस्कार में अधिक समय लग गया था। कारगिल देर रात पहुँचा था। बुरी तरह थक चुका था। इसके बावजूद कई विचारों के साथ सोया था। विशेषकर यह सोचकर कौतूहलता व थोड़ा अनिश्चितता में डूब जाता था कि जब बौद्ध भिक्षु इस क्षेत्र में आए होंगे तो कैसे सफर करते होंगे? क्या खाते होंगे? कहाँ-कैसे सोते होंगे?

सुबह-सुबह ब्रेड-ऑमलेट के साथ एक आलू-पराँठा भी लिया था। भारी नाश्ता करके निकलने के दो फायदे हैं। एक तो प्रकृति के नियम का पालन हो जाता है और दूसरा घूमने-फिरने के दिनों में बाहर दिन के खाने की चिन्ता नहीं रहती। सुबह का नाश्ता राजा की तरह और रात का भोजन फकीर की तरह खाया जाना चाहिए। नाश्ते में नमकीन चाय भी उपलब्ध थी। मगर द्रास की चाय से बेहतर। साथ में मक्खन भी डाला गया था। ठीक ही कहा था, दिल्ली में एक दोस्त ने, यहाँ पर आकर खुश्की अर्थात वातावरण का सूखापन शरीर पर भी आ रहा है। होटल के एक कर्मचारी ने भी मक्खन के साथ नमकीन चाय लेने की सलाह दी थी।

जावेद रोज की तरह तैयार होकर गाड़ी के पास ही खड़ा था। वो समय का पाबन्द है। रात चाहे जितनी देर हो जाए, सुबह सुनिश्चित समय पर तैयार मिलेगा। आज हम सामान के साथ होटल से बाहर निकले थे। अब कारगिल लौटकर नहीं आना था। इसलिए आज शहर को ध्यान से देख रहा था। कस्बा पहाड़ियों के बीच में बसा है। बस्ती से बाहर निकलते ही घुमावदार चढ़ाई से नीचे देखने पर लगता है मानो कारगिल किसी कटोरे के बीच में बसा हो। चारों ओर हल्के पीले नंगे सूखे पहाड़। अगर नीचे कहीं, थोड़ी-सी भी हरियाली दिखती है तो वह अलग से नजर आती है। और यह बीच बह रही सुरू नदी के दोनों ओर है। यह वही नदी है जिसकी घाटी में आगे जंस्कार कल घूम आया था और जो पीछे द्रास की ओर जाकर बीच में वहाँ से आ रही दरस नदी से मिलकर ऊपर की ओर मुड़ जाती है। और फिर अन्त में सिन्धु से जा मिलती है।

सिन्धु नदी एशिया की प्रमुख नदी है। यह वही इंडस है जिसमें सतलुज, रवि, चिनाब, झेलम जैसी प्रमुख नदियाँ जाकर मिलती हैं। आदिकाल से सिन्धु नदी कई सभ्यता, संस्कार और संस्कृति के नामकरण की प्रेरक रही है।

कारगिल श्रीनगर–लेह मार्ग के बीचोबीच स्थित है। यहीं से प्रकृति एक बार फिर अपना स्वरूप बदलती है और अपने नए रंग–रूप में नजर आती है। यूँ तो जोजिला के बाद से ही धीरे–धीरे हरियाली खत्म होने लगती है। मगर कारगिल के बाद से शुरू हो जाते हैं, चारों ओर पीले नंगे पर्वत। भिन्न–भिन्न आकार में। भिन्न–भिन्न मिजाज के साथ। विभिन्न आकृति में कोई रेतीला पहाड़ दिखाई पड़ता है तो कोई चट्टानों–सा मजबूत। मगर एक प्रमुख बात है पीला रंग इतने शेड्स में उपस्थित होगा यकीन नहीं होता। हैरानी होती है। हर दस–बीस किलोमीटर के बाद पीला रंग अपना पीलापन बदलता है। यूँ तो लद्दाख को ठंडा रेगिस्तान कहा जाता है। मगर मुझे पीला प्रदेश नाम देने का मन कर रहा है। अर्थात पीताम्बर। यही तो है मेरी श्वेताम्बर से पीताम्बर की यात्रा।

पीले पर्वत मनमोहक दृश्य और आकर्षक छटाओं के साथ पूरे रास्ते उपस्थित हो रहे थे। कारगिल के पास कुछ एक स्थान पर शिया धर्मगुरुओं के पोस्टर भी दिखाई दिए थे। और इन सबके बीच चलते हुए इन्तजार है आगे आनेवाले फोतुला टॉप का। जो श्रीनगर और लेह मार्ग का सबसे ऊँचा दर्रा है। आगे की सीट से भी पूरा दृश्य दिखाई नहीं दे रहा था, पीछे बैठे लोगों को तो क्या ही दिखता होगा ? मन में विचार आया कि अब तक ऑटो–मोबाइल इंडस्ट्री में इस बात की कल्पना क्यों नहीं की गई कि ऐसी गाड़ी डिजाइन की जाए जिसमें बैठकर, हर पर्यटक–यात्री जंगल, पहाड़, रेगिस्तान आदि घूमने के समय आगे–पीछे, दाएँ–बाएँ और ऊपर तक का दृश्य आसानी से देख सके। बड़े–बड़े शहरों, कुछेक चिड़ियाघरों और सुरक्षित वनों में खुली जीप या बस का इन्तजाम तो होता है मगर इस तरह की लम्बी यात्राओं के लिए कोई व्यवस्था नहीं। बहरहाल, उत्सुकतावश चारों ओर के दृश्य को देखने के प्रयास में मैं फिर जुट गया। मेरी यात्रा हर दिन एक नए उत्साह को जन्म दे रही थी। यकीनन जावेद इसका आनन्द नहीं उठा रहा होगा। उसके लिए यह रोजमर्रा का काम है और फिर उसे खूबसूरत दृश्य देखने का आनन्द उठाना भी नहीं चाहिए अन्यथा दुर्घटना से बचा नहीं जा सकता।

मूलबेक गोम्पा

एक बार फिर रास्ता बहुत खराब था। दोनों तरफ रेतीले पहाड़। जगह–जगह गाड़ियाँ रोकी जा रही थीं। रास्ते ठीक करने का काम निरन्तर जारी था। साथ में बाईं ओर नदी साथ चल रही थी। जो थोड़ी दूर के बाद दाईं ओर हो ली थी। नदी के साथ हरियाली थी जो इन रेगिस्तानी पहाड़ों के बीच अलग से नजर आ रही थी। नदी का प्रवाह उल्टी दिशा में था। यह वाखा नदी है। सुरू की उपनदी, जो कारगिल में उससे जा मिलती है।

अभी मूलबेक आने में वक्त था। शायद 40–50 किलोमीटर दूर होगा। और अभी से रास्ते के दोनों ओर रंग–बिरंगी पताकें (झंडियाँ) लगी हुई मिलने लगी थीं। बौद्ध

धर्म में इनका विशेष महत्त्व है। आसपास ही नहीं दूर-दूर तक बर्फ का कोई नामोनिशान नहीं था। सब कुछ सूखा और सिर्फ सूखा। बीच में प्यास बुझाती-सी प्रतीत होती पतली छिछली नदी। रास्ते में पश्कुम, छुलात्सय और लोत्सुम छोटे-छोटे गाँव गुजरे थे। और कुछ देर बाद अचानक रोड भी ठीक हो गई थी। ठीक नहीं बेहतरीन।

तभी दाहिनी ओर पहाड़ की ढलान पर एक मठ के नजदीक जावेद ने गाड़ी रोकी थी। यह शेरगोल मठ है। इस पुराने गी-लुग-पा बौद्ध मठ के भीतर कई बेहतरीन भित्तिचित्र दिखे। मठ में प्राचीन मन्दिर है जिसमें अवलिकेतस्वर की ग्यारह हाथों वाली प्रतिमा स्थित है। लकड़ी से बनी देवी तारा की प्रतिमा भी है जिसे तिब्बतियन कलाकारों द्वारा बनाया गया था। यह गुफा के मुहाने पर स्थित है। वाखा नदी घाटी में स्थित यह मठ, दूर से देखने पर पहाड़ से लटका प्रतीत होता है। इस तरह के दृश्य आमतौर पर देखने को नहीं मिलते हैं।

शेरगोल मठ से थोड़ा आगे बढ़े तो जावेद ने गाड़ी किनारे खड़ी की तो देखा कि रास्ते के एक तरफ दो-चार घर व छोटी दुकानें हैं, कतार से। सामने कोई पूजास्थल है रोड के दूसरी तरफ। उतरकर देखने के लिए मैं उस ओर बढ़ा था। देखकर ही पता चल रहा था कि ये कोई अति प्राचीन बौद्ध मठ है। बगल में बौद्ध धार्मिक प्रार्थना पहिया है। यह बेलनाकार होता है। इसे मणि पहिया भी कहते हैं। इसके ऊपर कई मन्त्र संस्कृत में लिखे जाते हैं। इसका इतिहास अति प्राचीन है। इस पर अमूमन लिखा होता है 'ओम मणि पदमे हम' या फिर संरक्षक और शुभप्रतीक भी बाहरी भाग में अंकित होते हैं। मूलबेक में यह बड़ा प्रार्थना पहिया है और मैंने इसे परम्परागत रूप में घुमाया था। मठ के अन्दर प्रवेश करने के लिए जूते उतारने पड़े थे। दरवाजे पर एक युवा लामा खड़ा मिला तो मैंने मौके का फायदा उठाकर बातचीत की थी। कई जानकारियाँ मिलीं, प्रार्थना पहिया के बारे में उसी से पता चला। स्तूप के बारे में लामा ने मेरे कल की जानकारी को और विस्तार दिया। स्तूप संस्कृत व पाली का शब्द है। अर्थात शाब्दिक-ढेर-गोल टीले के आकार की संरचना। पवित्र बौद्ध अवशेषों को रखने के लिए। महापरिवर्तन सूत्र में महात्मा बुद्ध अपने शिष्य आनन्द से कह रहे हैं—मेरी मृत्यु के अनन्तर मेरे अवशेषों का उसी प्रकार का स्तूप बनाना जिस प्रकार चक्रवर्ती राजाओं के अवशेषों पर बनते हैं।

मूलबेक गोम्पा या मुलविक एक प्रमुख मठ है। कुछेक के मतानुसार यह 200 ई. पूर्व महाराजा कनिष्क के काल का है। आधुनिक इतिहासकार इसे आठवीं शताब्दी का बना मानते हैं। यह पहेली कई स्थानों के लिए हो सकती है कि गोम्पा के नाम से गाँव का नाम पड़ा या गाँव के नाम से इसे पहचाना जाता है। यहाँ फ्यूचर बुद्धा (मैत्रीय बुद्ध) की दो मंजिला मूर्ति चट्टान पर बनी है। ऐसा प्रतीत होता है मानो प्राचीनकाल से वह इस मार्ग को देख रहे हैं। इसके अन्दर अन्य भित्तिचित्र, मूर्तियाँ और स्मृति-चिह्न देखने लायक हैं। ये सब अद्भुत हैं और आसपास का नजारा अवर्णनीय। पास

की पहाड़ियों पर अति प्राचीन शिलालेख हैं जो खरोष्ठी लिपि में लिखे गए हैं। यह भारत की प्राचीनतम लिपि में से एक है। इसका उपयोग गन्धार और अशोक के शासनकाल में किया पाया जाता था। इसमें राजा ने अपनी प्रजा को कुछ निर्देश दिए हैं। सुना कि आसपास ऐसी कई चट्टानों पर बुद्ध अंकित हैं। यह सब 200 ई. पूर्व कालखंड की हैं। अफगानिस्तान के बमियान की बुद्धा मूर्तियाँ भी उसी कालखंड की थीं। मगर शायद उन्हें तोड़ दिया गया है! वो भी आज के युग में, तो कल्पना की जा सकती है कि पहले कितने तोड़े गए होंगे? जिनका हमें पता भी नहीं होगा। और इसीलिए हम आधा-अधूरा इतिहास जानते हैं। यह धर्म की कट्टरता का प्रमाण है जो किसी अन्य धर्म को नहीं मानता। क्या इसे धर्म नाम देना उचित होगा?

साथी ड्राइवर

यात्राओं में बहुत कुछ देखने-समझने के लिए होता है। बशर्ते कि हम आँखें खोलकर चलें। यात्राएँ हमें बहुत कुछ सिखाती हैं। हम यह क्यूँ भूल जाते हैं कि जीवन भी तो एक यात्रा ही है। हम इस जीवन की यात्रा में साथ चलने वाले हरेक व्यक्ति के साथ रिश्ता जोड़ लेते हैं। उसे परिभाषित करते हैं। उसे सुरक्षित व पोषित भी करते हैं। भावनाओं में डुबो देते हैं। अपेक्षाएँ होती हैं, विश्वास भी होता है। जबकि ऐसा नहीं कि सभी रिश्ते जीवनभर चलें। कभी-कभी तकरार बढ़कर सम्बन्ध टूट भी जाते हैं और कई बार साथी छूट भी जाते हैं। कभी स्वाभाविक कारणों से, कभी किस्मत से, कभी अपनी चाहत से, कभी मजबूरियों से। कारण कोई भी हो। फिर चाहे वो पति-पत्नी का साथ हो, माता-पिता व बच्चे के बीच का सम्बन्ध हो, भाई-बहन हो, सब समय-समय पर अपने-अपने मोड़ से मुड़ जाते हैं। जबकि हम इन्हें स्थायी समझते हैं। मगर क्या ये वास्तव में जीवनपर्यन्त साथ होते हैं? कई बार तो नाम के लिए ही सम्बन्ध रह जाते हैं। ऐसे में जो जीवन में साथ नहीं वो साथी किस बात का? बच्चे जवानी में ही घर से दूर चले जाते हैं। ठीक उसी तरह जिस तरह माता-पिता ने अपने समय में अपना नया जीवन शुरू किया होगा। कई बार हम इन सम्बन्धों को, फिर चाहे वो चले न चले, मगर मन की भावनाओं से चलाते रहते हैं। यही तो परिवार की बुनियाद है। और इसी से परिवार परिभाषित भी होता है। मगर फिर समाज भी तो एक बड़ा परिवार ही है। तभी तो हम दोस्तों, पड़ोसियों यहाँ तक कि कार्यक्षेत्रों में साथ काम करनेवाले लोगों को भी जाने-अनजाने ही अपना साथी बना लेते हैं। मान लेते हैं।

हिन्दी में बेहतरीन शब्द है सहयात्री। साथ चलने वाला यात्री। इसे भी तो हम, यात्रा के दौरान अपना साथी घोषित कर देते हैं। अपने कर्तव्य और अधिकार को तुरन्त परिभाषित करके, उसका उपयोग-दुरुपयोग भी करने लगते हैं। अच्छा सहयात्री साथ हो तो सफर का पता ही नहीं चलता। अर्थात सफर सुरक्षित और आनन्द देने वाला हो जाता है। तो फिर गाड़ियों में साथ चलने वाला ड्राइवर आपका साथी क्यों

नहीं हो सकता ? और इसीलिए इस लम्बी यात्रा में, मैंने अपने जावेद ड्राइवर का नया नामकरण कर डाला था, 'साथी ड्राइवर'। वैसे भी हमने जो अपने नाम रखे हैं उसके बड़े भारी नुकसान हैं। यह आदमी को पहचान तो देते हैं मगर साथ ही धर्म, सम्प्रदाय, जाति को जब प्रदर्शित करने लगते हैं तो समाज को बाँटने लग जाते हैं और कभी-कभी रिश्तों में मुश्किल भी पैदा करते हैं। अब, मेरे लिए वो 'जावेद' से अधिक 'दोस्त' था, 'साथी' था। और मेरी भी कोशिश थी कि मैं उसके लिए 'मनोज' की जगह 'पर्यटक साथी' बन जाऊँ। 'दोस्त यात्री' कहलाऊँ।

लम्बी यात्रा में चालक और भी महत्त्वपूर्ण हो जाते हैं। और क्यों न हो ? इनके हाथों में आपकी जान होती है। जिस तरह से दूसरे पारिवारिक सम्बन्धों में, यह आपकी किस्मत है कि आपको किस तरह का साथ मिला, वही बात यहाँ भी लागू होती है। हम सबने अनुभव भी किया होगा कि एक दोस्त की तरह अगर ड्राइवर भी अच्छा मिल जाए तो आपका सफर बेहतर, मस्तीभरा, उपयोगी, आनन्दमय और सुरक्षित हो सकता है। ये स्थानीय होते हैं, इन्हें रास्तों का, खाने-पीने-रहने की जगहों का पता होता है। यकीन मानिए, ये अपने अनुभव से मात्र देखकर समझ जाते हैं कि उसके साथ चलने वाला यात्री किस किस्म का व्यक्ति है, वह क्या चाहता है, उसकी क्या क्षमता है। और वह उसी तरह से व्यवहार करने लगते हैं। अमूमन लम्बी दूरी पर चलने वाले ड्राइवरों को मैंने शान्त, समझदार, सकारात्मक एवं सहयोग करनेवाला पाया है। यह आपका फ्रैंड फिलॉस्फर गाइड भी हो सकता है। और जिस तरह, एक भी गलत या नासमझ व्यक्ति के आने से परिवार नरक बन जाता है, ठीक उसी तरह ड्राइवर अगर ठीक-ठाक न हो तो यात्रा बोझिल, उबाऊ, नीरस और मुश्किलों भरी भी हो सकती है। मैं खुशकिस्मत था कि श्रीनगर से लेह की इस लम्बी और कठिन यात्रा में मेरा साथी ड्राइवर एक अच्छा इनसान था। वो मुझे और मैं उसे जान रहे थे, पहचान गए थे।

जावेद के व्यक्तित्व को मैंने समझने की कोशिश भी की। कश्मीर की वर्तमान सामाजिक, धार्मिक, आर्थिक, राजनीतिक पहलुओं और विषयों पर बेहतर तथ्य एवं वास्तविक जानकारी प्राप्त हो रही थी। वो युवा था। हाँ, उसे इस बात का, क्रोध तो नहीं कह सकते, मगर शिकायत जरूर लगी कि हालात ने उसे पढ़ने-लिखने से वंचित रखा। वह जीवन में बहुत कुछ करना चाहता था मगर शहर और राज्य की अशान्त व्यवस्था ने उसे ऐसा करने नहीं दिया। उसके मन में रोष था। और वह नहीं चाहता था कि उसके बच्चे इस तरह के वातावरण में अपना जीवन-यापन करें। और शायद इसीलिए शादी से बच रहा था। वो एक खुशहालभरी जिन्दगी के लिए अब भी प्रयासरत था। जल्द ही सब कुछ ठीक होगा, इसकी उसे आशा भी थी। उसे अपने अब्बा और अम्मी से बेहद प्यार था। रास्ते में वह, हरसम्भव, व्यापार सम्बन्धित जानकारी जुटाने में प्रयासरत दिखा और बेहतर भविष्य को लेकर आशंकित होते हुए भी आशान्वित था। वो मेहनत कर रहा था, अपने परिवार की खुशहाली के लिए।

रास्ते में उसे जानने वाले कई मिलते और वह मेरी जरूरी आवश्यकताओं के लिए अपनी जान-पहचान का पूरा इस्तेमाल करता। यह उसके स्वभाव और चरित्र को दर्शाने के लिए काफी है।

अब तक बज रहे गानों ने भी मेरा ध्यान आकर्षित किया था। इसमें अधिकांश लता के गाए गाने थे। किसी-किसी में किशोर कुमार या मोहम्मद रफी का साथ भी होता।

'क्या तुम्हारी फेवरेट सिंगर लताजी हैं?' उत्तर में उसने हाँ में सिर हिलाया था और बिना मेरी तरफ देखे मुस्कुराया था।

'इतने पुराने... ?'

'तो क्या हुआ...मुझे यह पसन्द है...'

यह तीसरी-चौथी पीढ़ी होगी जो लता के गानों की दीवानी है। और न जाने कितनी पीढ़ियों तक ये गाने गुनगुनाए जाएँगे। सच, भारतीय सिनेमा संगीत का वो स्वर्णिम युग था।

श्रीनगर से लेह के रास्ते में गति कभी धीमी तो कभी तेज होती। यह रोड की अवस्था और पर्यटक की सुविधा के लिए आसपास के दृश्यों पर निर्भर करता। यातायात बहुत कम, न के बराबर है। सेना के काफिले जरूर मिल जाते। और एक जगह पर सामने से आती हुई गाड़ी को देखकर जब जावेद ने अपनी गाड़ी रोककर सड़क के किनारे खड़ी की तो देखता हूँ कि सामने वाली गाड़ी के ड्राइवर ने भी अपनी गाड़ी को अपनी ओर सड़क से किनारे खड़ा किया था। दोनों शायद अच्छे दोस्त थे। तभी तो दोनों ने उतरकर बातचीत की थी। सामने वाली गाड़ी में, ड्राइवर के बगल में एक नवयुवती बैठी हुई थी। मेरे बाईं ओर पहाड़ थे और दाईं ओर घाटी थी। उसी ओर सामने वाले की गाड़ी भी थी। स्वाभाविक रूप से, मेरी निगाहें उस नवयुवती पर एक-दो बार गई थी। मगर वो हम सब से निष्फिक्र, घाटी की ओर फोटो खींचने में व्यस्त थी। हाँ, बीच-बीच में, गर्दन घुमाकर वह दोनों ड्राइवरों की ओर देखती और शायद एक-दो बार उसकी निगाह मुझ तक भी पहुँची थी। सामने वाली गाड़ी की ड्राइविंग सीट पर बैठा सज्जन, जब गाड़ी से उतरा तो उन दोनों के बीच में कुछ शब्दों का आदान-प्रदान भी हुआ था। मैं बड़ा प्रसन्न हुआ था यह सोचकर कि यहाँ भी लोग अपनी पत्नी के साथ अकेले लम्बी यात्रा में निकलते हैं, घूमते हैं। चूँकि मेरे साथी ड्राइवर की पहचान का वह व्यक्ति है अर्थात स्थानीय ही होगा। और मैं उसी उत्साह में जावेद के वापस आते ही यह कह बैठा कि, 'लगता है तुम्हारा दोस्त लेह घूमकर आ रहा है?'

और उसका जवाब था, 'नहीं साहब, टूरिस्ट को लेकर आ रहा है।'

अगले कुछ समय के लिए मेरी समझने की शक्ति अनायास ही बन्द हो गई थी। आदमी वही सोचता है जितना वह देखता है। और मेरी समझ से एक नवयुवती किसी अनजान ड्राइवर के साथ इतनी लम्बी यात्रा में अकेले जाए, तो वो पत्नी ही

होगी। हाँ, वह प्रेमिका भी हो सकती है मगर फिर वे रिलेशनशिप में होने चाहिए। नवयुवती या पर्यटक स्त्री का यूँ अकेले इतना लम्बा सफर, वो भी वीराने में! हिन्दुस्तान में अब भी अटपटा व अविश्वसनीय लगता है। इसके कई पहलू हो सकते हैं। यहाँ सीधे-सीधे भारतीय युवक-युवती के चरित्र पर बात करना या शंका करना उचित न होगा। मगर विश्वास न करने के भी कई कारण हैं। हमारे संस्कार, हमारे सामाजिक परिवेश और हमारे खुद के अनुभव। और फिर सामान्य रूप में समाज का चलन। क्या हिन्दुस्तान में ऐसा होना सामान्य रूप से सम्भव है? हिन्दुस्तान में तो सम्भव है लेकिन हिन्दुस्तानी नारी के साथ सम्भव नहीं। साथी जावेद के साथ बातचीत करने पर आगे पता चला कि 'विदेशी पर्यटक' खासकर यूरोप की कई युवतियाँ, अकेले ही यहाँ सफर करती हैं। और यही नहीं रास्ते में आवश्यकता पड़ने पर टैंट लगाकर निश्चिन्तता से सो भी जाती हैं।

यह मेरे लिए विस्मयकारी था और सुखदाई भी। ऐसा नहीं कि इन विदेशी महिलाओं के साथ हादसे नहीं होते होंगे। मगर इनकी सोच और समझ भिन्न है, और शायद जीवन भी और जीने का ढंग भी। क्या, क्यों, और किस हद तक, क्या उचित या अनुचित है, आदि सवाल करने का न तो हमारा अधिकार है और न ही क्षेत्र। यह तो हर एक का अलग-अलग दृष्टिकोण है, जिसे अलग-अलग तरह से देखा जा सकता है। और अपने-अपने ढंग से परिभाषित भी किया जा सकता है। इस पर नारी स्वतन्त्रता, सहजता, गूढ़ता, पढ़ा-अनपढ़, विकसित, अन्धविश्वास, सामाजिक बेड़ियाँ, उच्छृंखलता, खुलापन वगैरा-वगैरा शब्दों की सीमाओं में बँधकर, परिभाषा में फँसकर, मैं संस्कृतियों का विश्लेषण करने के लिए यहाँ नहीं बैठा हूँ। जो देखा और महसूस किया उसे सीधे-सीधे शब्दों में उतार रहा हूँ। हाँ, एक बार फिर सोचने के लिए मजबूर जरूर हूँ। और याद आ रही अपने उपन्यास 'कशमकश', नारी के विकासक्रम की कहानी, जहाँ चरित्र नहीं चरित्र का जीवन बोलता है।

नमकेला और फोतुला

अभी हम बात कर रहे थे साथी ड्राइवर की। इसमें कोई शक नहीं कि जीवन के सफर को हमसफर सुखमय बना सकता है। मगर यहाँ एक बात समझने की है कि यात्राओं में वाहन और सड़क अच्छी हो तो सफर आरामदायक हो जाता है। और यही आराम कहीं न कहीं सुख प्रदान करता है। और फिर यही सुख आपको कुछ इस तरह से लेकर आगे चलता है कि आप दूसरी छोटी-मोटी परेशानियों से तंग नहीं होते हैं। यूँ तो लेह और श्रीनगर के बीच फोतुला टॉप अधिकतम ऊँचाई 4108 मीटर (13475 फीट) पर स्थित है। जिसे आगे आना था। यह इस रोड पर पीछे जा चुके जोजिला से भी ऊपर है। मगर जंस्कार मार्ग स्थित पेनजिला (14436 फीट) से तो कम ही है। लेकिन अब ऊँचाइयों का अहसास नहीं हो रहा था। बगल की खाइयाँ डर पैदा नहीं

कर रही थीं। और इसका कारण है आत्मविश्वास और अनुभव। और फिर साथ ही रोड बेहतर हो तो सफर का पता ही नहीं चलता।

यह क्षेत्र 'अबव द ट्री लाइन' है अर्थात यहाँ पेड़-पौधे नहीं होते। ऑक्सीजन की कमी तो है ही, साथ ही पानी भी बहुत कम है। ठंडा होने के कारण बर्फ तो गिरती है मगर उतनी नहीं। अर्थात पानी के बहाव से रोड कटती और टूटती नहीं है। हर ठंड के बाद यहाँ उतनी मरम्मत की आवश्यकता नहीं होती। जबकि जोजिला में भूस्खलन और अत्यधिक बर्फ के कारण सड़क तकरीबन टूट ही जाती है। नमकेला टॉप पर जावेद ने गाड़ी रोककर बताया न होता तो पता ही नहीं चलता कि यह भी एक 'ला' या 'दर्रा' है।

मूलबेक से नमकेला के बीच, दोनों तरफ पीले रंग के रेगिस्तानी पहाड़ दिखते हैं। इन्हें रेतीले पहाड़ भी कह सकते हैं। इन्हें दूर से देखने पर, मानव की विभिन्न मुद्राओं की आकृति उभरती प्रतीत होती है और नमकेला के ठीक पहले दूर सामने पहाड़ों पर हल्की-सी बर्फ दिखती है। वहाँ लगे रोड माइल्स स्टोन को देखकर ही जान पाया था कि हम इतनी ऊँचाई पर खड़े हैं। मुझे अब तक ऊँचाइयों के कारण शारीरिक रूप से कोई भी कष्ट नहीं हुआ था। हाँ, मैंने कुछ व्यावहारिक बातों का ध्यान जरूर रखा था। कम बोल रहा था। समय-समय पर पानी पी रहा था। खाना सामान्य खा रहा था। शराब-सिगरेट तो मैं पीता नहीं। ऊँचे पर्वतों पर यात्रा करनेवालों को इस बुरे व्यसन से कम-से-कम यहाँ तो दूर ही रहना चाहिए। यहाँ प्रकृति के

सौन्दर्य का ऐसा आकर्षण है कि किसी और नशे की आवश्यकता पड़नी भी नहीं चाहिए। और फिर मैं किसी भी चीज में जल्दबाजी भी नहीं कर रहा था। नींद मैंने भरपूर ली थी और हर रात विश्राम किया था। ऊँचाइयों पर ज्यादा भागने-दौड़ने से बचना चाहिए। प्रकृति का अपना मिजाज है। हमारे पूर्वज बड़े समझदार थे। वो बिना विज्ञान के ज्ञानी थे। तभी तो उन्होंने स्थान के हिसाब से अपनी सभ्यता और संस्कृति को विकसित किया। क्या आपने यह बात नोट की है कि पहाड़ों के नृत्य भी बड़े शान्त, शालीन और धीरे-धीरे किए जाते हैं। इनमें जोश से अधिक कलात्मकता होती है।

नमकेला टॉप से उतरने के दौरान पहाड़ों का रंग-रूप एक बार फिर बदल रहा था। और यह तेज चटक पीले से थोड़ा हल्का और मटमैला कालापन लिये हुआ था। रास्ता बड़ा सर्पीला था। सामने का दृश्य अद्वितीय बन रहा था। बाईं तरफ के पहाड़ों पर नजर गई तो पाया कि मानो यहाँ पर घास लगाने की कोशिश की गई है। हम सम्पूर्ण पृथ्वीलोक को एक रंग से क्यों पोत देना चाहते हैं? जबकि रूप-रंग बदलना ही पृथ्वी की प्रकृति है। तभी कोई खंग्रराल नाम का छोटा-सा गाँव निकला था। नामों का सही उच्चारण और ठीक लिखना कठिन है। खैर, इन शब्द और अक्षरों के चक्कर में मैं नहीं पड़ना चाहता था क्योंकि अन्य महत्त्वपूर्ण चीजें थीं। और वो था, आसपास के पहाड़, जो एक बार फिर कत्थई से पीले नंगे हो रहे थे। साथ, बाईं ओर नदी, जिसके साथ हरियाली का पूरा बेल्ट चल रहा था। हम आगे बढ़े तो बुधखरबु गाँव आया था। यह अच्छा बड़ा गाँव दिख रहा था। यहाँ रास्ते में कई छोटे-बड़े प्रार्थना पहिया नजर आ रहे थे। साथ ही कई आकार में सफेद रंग के स्तूप और एक मोनेस्टरी (मठ) भी नजर आई थी। दूसरी ओर नजर गई तो पीडब्ल्यूडी का गेस्ट हाउस था। हर ओर बुद्ध धर्म के प्रतीक और लद्दाख-तिब्बत गृह व वास्तुकला के दर्शन हो रहे थे। और आगे बढ़ने पर पहाड़ के रंग पीले में कुछ लालपन लिये उभर रहा था। ये पथरीले पहाड़ थे, मजबूत चट्टान से बने। जबकि दूसरी तरफ रेतीले पहाड़ ही चल रहे थे। बीच में हम, साथ में नदी। अद्भुत दृश्य बन रहा था। रोड बेहतरीन व साफ-सुथरी, उस पर हम सरपट भाग रहे थे।

आगे फोतुला की चढ़ाई शुरू हुई तो सामने की पहाड़ियों पर बर्फ नजर आने लगी थी। फोतुला हिमालय के जंस्कार रेंज का एक हिस्सा है। और कुछ ही देर में हम श्रीनगर-लेह के सबसे ऊँचे बिन्दु पर थे। यहाँ ऊँचाई का बिलकुल भी अहसास नहीं हो रहा था। हाँ, दृश्य अति रमणीय है। दूर-दूर तक फैलीं घाटियाँ। पहाड़ों की शान्ति में भी संगीत है, स्वर है, शब्द हैं। इन्हें सुना जा सकता है। ये मन को सहलाती हैं तो तन को स्थिर कर देती हैं। यहाँ शोर नहीं स्वीकार्य। यहाँ तो मानो आत्मा को परमात्मा का सान्निध्य मिल गया हो। हर पल सार्थक।...पर्वत की चोटियों पर सब कुछ ठहर क्यों जाता है? यह सवाल नहीं हो सकता, क्योंकि यह सत्य है...यहाँ कुछ पल ठहरकर हम आगे बढ़े थे।

अद्‌भुत घाटियों में लामायारू व मूनलैंड

फोतुला टॉप से उतरने पर नीचे सर्पीले रास्ते में बाईं ओर घाटी का दृश्य विहंगम था। कुछ देर आगे चलने पर सामने नीचे लामायारू नजर आ रहा था। अति प्राचीन गोम्पा। इस दुर्गम क्षेत्र में। इस युग में उस युग को समझ पाना मुश्किल हो रहा था। प्रकृति का स्वर्ग हर ओर था। यहाँ तो कई लोक हैं। हर कदम पर। लामायारू गोम्पा देखने की इच्छा तीव्र हुई थी। पहुँचने पर द्वार पर ही एक किशोर लामा मिला तो जानने की उत्सुकता में जान-बूझकर बातचीत शुरू की थी।

लामा के चेहरे पर शान्ति थी मगर बातों में गम्भीरता। कमरे में हल्का अँधेरा मगर उसकी आँखें चमक रही थीं। और क्यों न चमके, वह बुद्ध का भिक्षु है, आधुनिक काल की कृत्रिमता से दूर।...यह 11वीं सदी का गोम्पा है। जबकि कइयों के मतानुसार यह प्राचीनतम गोम्पा है लद्दाख क्षेत्र का। इस नाम का अर्थ है शाश्वत, परलौकिक। इसे स्वास्तिक भी कह सकते हैं। पूर्व में यह मूल रूप से बॉन मठ था। बॉन धर्म तिब्बत-लद्दाख का प्राचीन धर्म है, पारम्परिक धार्मिक प्रथा। इसी में बौद्ध धर्म मिलकर आधुनिक प्रचलित बौद्ध धर्म बना। ऐसा कहा जाता है कि आचार्य नरोपा के आदेश पर घाटी से पानी सूखने लगा और यहाँ लामायारू गोम्पा की स्थापना हुई। यहाँ कई प्रार्थना पहिए लगे थे। साथ ही लामा के रुकने की व्यवस्थाएँ

थीं। यह लद्दाख का सबसे बड़ा मठ भी है। इसमें पूर्व में एक समय 400 लामा निवास करते थे। अन्दर पहुँचने पर चाँदी की छोटी-बड़ी कई देवी-देवताओं व बुद्ध की मूर्तियाँ नजर आ रही थीं। कई छोटे-छोटे स्तूप आकार के प्रतीक भी पूजाघर में थे। पीछे दीवारों पर भित्तिचित्र और कलाकृतियाँ थीं। इनमें धर्मपाल के भी चित्र हैं। कुछ विशिष्ट किस्म की मूर्तियाँ भी थीं जिनके चेहरे के भाव भिन्न-भिन्न थे। हल्का अँधेरा और रंग व बनावट से ये सभी प्राचीन होने का प्रमाण दे रहे थे। कई बार यह हमारे अन्य तन्त्र-विद्या वाले पूजास्थलों की तरह दृश्य प्रस्तुत करता।

ऊपर, गोम्पा से बाहर देखा तो सामने मूनलैंड नजर आ रहा था। लेह की ओर जाने पर, कुछ फर्लांग आगे रास्ते पर मिलेगा, तब ध्यान से देखूँगा। आसपास लामा के छात्रावास थे। कैमरे से कई फोटो लिये थे। चारों ओर के दृश्य को देखता ही रह गया था। मस्तिष्क स्थिर, विचार गतिमान थे। मठ से निकलकर आगे बढ़े तो थोड़ी दूर पर चारों ओर मटमैले पहाड़ों के बीच में एकदम पीले पहाड़ दिखाई दे रहे थे। देखने पर कुछ नरम और रेतीले, ऊबड़-खाबड़, एक विशिष्ट संरचना लग रही थी। अब इसे मूनलैंड क्यों कहा जाता है? जानने को उत्सुकता हो रही थी। प्रचलित मत है कि युरू लामा एक मठ की स्थापना के लिए स्थान ढूँढ़ रहे थे। यहाँ उनके पधारने पर, इस स्थान का निर्णय हुआ। उनकी धार्मिक इच्छाशक्ति से यहाँ भरा पानी सूख गया और यह अति विशिष्ट स्थान बाहर आया, जिस पर मठ बना है। यह धरती पर चाँद के समान खूबसूरत है।...नहीं-नहीं। चाँद की जमीन तो मैंने देखी नहीं, मगर वह इससे अधिक खूबसूरत नहीं हो सकती।

खलसी से आगे

यहाँ से निकलने पर एक प्रमुख पड़ाव खलसी अभी 13 किलोमीटर दूर था। लेकिन बीच का दृश्य विहंगम और विराट था। ऊँचे-ऊँचे पर्वतों के बीच में से सँकरे रास्तों का निकलना अद्भुत है। मैंने फोटो खींचने की कोशिश की और बाद में उसे देखा भी। लेकिन तभी महसूस हुआ कि अभी विज्ञान को आँखों की तरह कैमरा बनाने में न जाने कितना वक्त लगेगा? बन पाएगा भी कि नहीं? गजब नजारा है। इसे देखकर ही प्रकृति के अनोखे दृश्य की कल्पना की जा सकती है। सिर्फ दैत्याकार, दुर्गम, ऊँचे-ऊँचे पर्वत, गहरी घाटियाँ, सँकरे रास्ते आदि-आदि, यह सब कह लेने मात्र से काम नहीं चलेगा। इन्हें देखकर लिखने बैठो तो पता चलता है कि इनका वर्णन सम्भव नहीं। कहीं पीला, कहीं हरे के साथ कत्थई पीला रंग लिये मजबूत, विशाल, चट्टानों के पहाड़ हैं। ये यहाँ शान से सीना ताने खड़े प्रतीत हो रहे हैं। ये लोहे की तरह कठोर लग रहे हैं। यहाँ सब कुछ अनोखा है। दोनों ओर ऊँचे पहाड़ की सीधी दीवार, बीच में रास्ते के साथ नदी। हम नीचे उतरते जा रहे हैं। और मैं इस विचार में डूबा जा रहा था कि सैकड़ों वर्ष पूर्व मानव इसे कैसे पार करते होंगे? यहाँ तो नदी का बहाव

भी तेज है। इसके साथ-साथ जाने से दुर्घटनाएँ होती होंगी। नदी पार करने के प्रयास में बचना मुश्किल है। न जाने कितनों ने यहाँ जान गँवाई होगी। मनुष्य ही नहीं, घोड़े-खच्चरों ने भी थोड़ा-सा सन्तुलन खोया और सेकंड में सब कुछ समाप्त। इस तरह, काफिलों में कई साथी छूट जाते होंगे। मंजिल पर पहुँचने वाला किसी युद्ध में विजयी सैनिक से कम नहीं महसूस करता होगा।

यह सिन्धु महान नदी है जो लेह से आ रही है और खलसी होते हुए लामायुरू से पहले बटालिक की ओर जानेवाले रास्ते की ओर मुड़ जाती है। जहाँ कल सुबह हम गए थे। इसके साथ-साथ वही रास्ता चलता है जो प्राचीन दरदी-आर्यन लोगों के गाँव से होता हुआ यहाँ आकर श्रीनगर-लेह मार्ग से जुड़ता है। इतिहासकार और लेखकों ने सिन्धु नदी के इस रूप का वर्णन जरूर किया होगा। न जाने क्यों मुझे ऐसा लगता है कि सभी लिखने वालों ने अपने शब्दों की जादूगरी की असफल कोशिश कर पाठक को नहीं स्वयं को अँधेरे में रखा होगा। इन दृश्यों का विस्तार ही कुछ ऐसा है, कह सकते हैं कि अवर्णनीय है। बहरहाल, दशकों पूर्व मानव ने जब इन चट्टानों को तोड़ना शुरू किया होगा, तब उस वक्त की उसकी भावना, हिम्मत, हौसला आदि को व्यक्त करना भी शायद उतना ही मुश्किल हो। चलिए, कुछ और हो न हो, इस यात्रा में यात्री दार्शनिक तो हो ही सकता है। उसे सिर्फ इन विराट ईश्वरीय प्रदर्शन पर ध्यान केन्द्रित करना होगा।

अभी खलसी आने में वक्त था और तभी एक पंजाबी ढाबे पर नजर पड़ी थी। सामने ट्रकों की कतार थी। इस वीरान पर्वत प्रदेश में इसकी उपस्थिति कई बातों को उजागर कर रही थी। सच में सिख लोग बहादुर और साहसी हैं। यह ढाबा उसका

प्रतीक बन रहा था। इन मुश्किल रास्तों पर ही नहीं, अन्य लम्बी दूरी पर भी, इसलिए सरदार ड्राइवर अधिक मिलेंगे।

मैंने ढाबे में रुकने के लिए कहा तो हमारे ड्राइवर साथी ने कहा था कि आगे खाएँगे, खलसी में।...उसका अनुभव है। ठीक ही कह रहा होगा। और मेरी भूख तो प्रकृति के दृश्यों ने वैसे ही खत्म कर दी थी। मैं तो ढाबे को देखकर यूँ ही थोड़ा उत्सुक हो गया था। खलसी पहुँचे तो पाया कि रोड के दोनों तरफ खाने की छोटी-छोटी कई दुकानें हैं। मगर जावेद ने एक छोटे से होटल के आगे गाड़ी रोकी और फिर सड़क किनारे लगाई। सन एंड मून गार्डन रेस्टोरेंट। सन व मून के साथ गार्डन, समझ नहीं आ रहा था। जावेद मुझे होटल के पीछे के भाग की ओर ले गया। वहाँ खुला था। अव्यवस्थित बगीचे में चारों ओर छोटे-छोटे पौधे लगे थे। साथ ही किनारे पर एक बाथरूम भी था जिसकी मुझे आवश्यकता महसूस हुई थी। रास्ते में शौचालय की व्यवस्था नहीं दिखी थी।

एक लद्दाखी नवयुवक ने मेरे सामने मीनू कार्ड रखा था। विभिन्न प्रकार के चाऊमीन व मंचूरियन, फ्राइड राइस (कई स्वाद वाले, जैसे कि मसाला-अंडा-चिकन आदि) और कई तरह के मॉमोस।

'जो भी यहाँ सबसे ज्यादा चलता और अच्छा है, वही खिलाओ।'

सुनकर वह भ्रमित हुआ था। उसके लिए तो उसकी दुकान पर सब कुछ अच्छा है। यह प्रतिक्रिया देखकर मैंने उससे हर प्रकार की एक-एक चीज लाने के लिए कहा था। बनाने में वक्त लग रहा था तो इस बीच दूसरी टेबल पर बैठे एक स्थानीय लद्दाखी से बातचीत शुरू की थी। पता चला कि...शिया धर्म को मानने वाले बाहर खाने से परहेज करते हैं। झटका और हलाल मीट में धर्म के अनुसार भेद किया जाता है। मैं इसके वैज्ञानिक पहलुओं पर नहीं जाना चाहता, क्योंकि दोनों प्रकार के मीट खानेवाले हमारे पूर्वज ही थे। और दोनों में से किसी भी एक का गुण बताने पर दूसरा गलत साबित हो जाता है, जबकि हमारे दोनों पूर्वज गलत नहीं हो सकते। अब यह पद्धति क्यों भिन्न-भिन्न चली, कारण जान पाना मुश्किल है। फिर आस्थाएँ आहत हों तो मस्तिष्क निष्पक्ष काम भी नहीं करता। और बेवजह आपसी तकरार का कारण बन जाता है। हम धर्म के प्रति आस्था में अन्धे क्यों हो जाते हैं? कट्टरता का कारण समझ पाना मुश्किल है। हर काल में, हम एक-दूसरे की संस्कृतियों के मामले में बड़ा रोक-टोक करते हैं। मगर दो सभ्यताएँ लम्बे समय तक साथ रहें तो समय के साथ आदान-प्रदान हो ही जाता है, चाहे जितना रोकें। यह भी मानव स्वभाव की एक खूबी है।...खाना परोसा जा चुका था। मेरे लिए भोजन में कोई भेद या रोक नहीं है। सब खा सकता हूँ, बशर्ते स्वादपूर्ण स्वास्थ्यवर्धक और मेरे लिए सहज ग्रहण करने योग्य हो।...यहाँ भोजन का स्वाद बढ़िया तो नहीं कह सकता मगर कुछ हटकर जरूर था। और भूख लगी हो तो पेट भरकर खाया जाता है।

अल्ची व फिंयांग गोम्पा और पत्थर साहिब

खलसी से आगे निकले तो साथ ही सिन्धु नदी बह रही थी। मगर उल्टी दिशा में। जंस्कार और सिन्ध नदी का संगम आगे आनेवाला है, यह सोचकर उत्सुकता बढ़ गई थी। आसपास का दृश्य अति सुन्दर था। अभी नुरला गाँव आनेवाला था। नदी का बहाव बढ़ने लगा था। नुरला निकलने के बाद आगे ससपोल अभी 20 किलोमीटर है। वहाँ से निकलते ही सिन्धु नदी भी सड़क से दूर हो रही थी।

मुख्य सड़क छोड़कर सिन्धु के साथ चलने पर कुछ दूर जाकर एक प्राचीन मठ–अल्ची (आलची) गोम्पा है। यहाँ से सिन्धु की छटा देखने वाली है। इसकी स्थापना विद्वान रि–चैन जैंगपो ने दसवीं शताब्दी में की थी। तभी के भित्तिचित्र आज भी यहाँ सुरक्षित हैं। इनमें से अधिकांश बौद्ध व हिन्दू राजाओं के कला और अध्यात्म से सम्बन्धित हैं। महासरस्वती, देवी माँ व बुद्ध के साथ अन्य धर्मगुरु प्रमुखता से उभरते हैं। बुद्ध की विशाल मूर्ति व मंजतुश्री मन्दिर हैं। स्तूप पर नक्काशी है। मठ में लगाई गई लकड़ियों पर भी कलात्मकता झलकती हैं। यूँ तो पूरा रास्ता वीरान है मगर यहाँ का निर्जन एकान्त किसी अन्य लोक में ले जाता है।

अल्ची से वापस लौटकर मुख्य मार्ग पर लौटे तो और आगे बस्गो आते–आते पहाड़ और सिन्धु फिर मुख्य मार्ग के नजदीक आ चुके थे। बाईं ओर कई छोटे–बड़े स्तूप नजर आए थे। सड़क के साथ–साथ। आगे 22 किलोमीटर पर निम्मु गाँव है। और जमीन समतल होने लगी थी। निम्मु में सिर्फ सेना दिखाई दी थी और कुछ गोम्पा व स्तूप नजर आए थे। अब लेह सिर्फ 36 किलोमीटर रह गया था और फिर पहाड़ नजर आने लगे थे। कुछ ही आगे चलने पर लेह से आ रही सिन्धु और जंस्कार से आ रही जंस्कार नदी का संगम है जो सिन्धु महान बनकर पीछे हमारे खलसी की तरफ जा रही है। संगम पर किश्तियाँ और पर्यटकों की चहल–पहल थी। अधिकांश लेह से

आए पर्यटक हैं। लेह से आनेवालों के लिए यह एक दर्शनीय स्थल है। मैं एकान्त में दो नदियों के मिलन को देख रहा था। दो नदियाँ जब मिलती हैं तो कैसा महसूस करती होंगी? कौन किससे मिलती है? कौन किसमें समा जाती है? छोटी नदियाँ बड़ी नदी में मिलकर क्या अपना अस्तित्व मिटा देती हैं? हो सकता है, नर-नारी मिलन की तरह ही, शारीरिक सुख से अधिक आत्मिक सुख पाती हों? दृश्य कुछ ऐसा ही प्रस्तुत हो रहा है। प्रकृति के इस खेल को समझना हमारे लिए मुश्किल है। शायद इसीलिए इसे आस्था और अध्यात्म से जोड़ देना ही उचित होगा।

लेह के नजदीक पहुँचते ही एक बार फिर प्राकृतिक दृश्य तेजी से बदलने लगते हैं। दुर्गम पहाड़ियों से निकलकर अचानक मैदान दिखाई देने लगता है। यहाँ प्रकृति अपने नए रूप में उपस्थित है। एक बार फिर धीरे-धीरे पर्वत सड़क से दूर होते जा रहे हैं और पृथ्वी समतल होती जा रही है। दूर चारों ओर पीले पहाड़। पीला प्रदेश। पीताम्बर। आसमान चटक नीला और कुछ-कुछ नजदीक प्रतीत हो रहा है। साथ ही आश्चर्य करने वाली बात यह कि सड़कें इतनी बेहतरीन कि बनानेवाले की प्रशंसा करे बिना रहा नहीं जा सकता। और तभी रास्ते में प्रकृति का एक ऐसा चमत्कार देखने को मिला जो हैरान करनेवाला है।

लेह से 29-30 किलोमीटर पहले, इस स्थान को चुम्बकीय पहाड़ कहा जाता है। बेहतरीन समतल रोड पर आप अपनी गाड़ी खड़ी कर दें। इंजन को बन्द कर न्यूट्रल कर दें, और ब्रेक से पैर हटा लें, आपकी गाड़ी अचानक पीछे की ओर जाने लगेगी। जबकि वहाँ कोई ढलान है ही नहीं। दिशा उलटकर लेह की तरफ पीठ करके खड़े होने पर गाड़ी अपने-आप आगे की ओर लुढ़कने लगेगी। यह जादू है ऊपर वाले

का।...लेह-लद्दाख जानेवालो, इसे जरूर देखना। गाड़ी में बैठकर देखना। और फिर गाड़ी से उतरकर, ऊपर आसमान की ओर भी देखना। शायद वह तुम्हें देख रहा हो। और शायद तुम्हारी कौतूहलता पर मुस्कुरा रहा हो!

आगे कुछ ही दूर पर 'पत्थर साहिब गुरुद्वारा' है। लेह अभी 25 किलोमीटर दूर है। गुरुनानक देव से जुड़े इस स्थान की कई कहानियाँ हैं। पर्यटकों और विशेषकर स्थानीय सेना में यह अधिक प्रचलित है। स्थानीय बुजुर्ग भी इसकी चर्चा कर लेते हैं। कहा जाता है कि जब गुरुनानक देव यहाँ पधारे तो तपस्या में लीन थे, उसी समय एक शैतान ने उन पर बड़े और भारी पत्थर को लुढ़काकर हमला किया था। मगर पत्थर गुरुनानक तक पहुँचते-पहुँचते रुक-सा गया और मोम-सा मुलायम बन गया। उस शैतान ने आकर पैरों से उस पत्थर को धकेलने की कोशिश की मगर वह नाकामयाब रहा। उसके पैर मोम में धँस गए और उसे गुरुनानक देव के दिव्य स्वरूप का अहसास हुआ। यहाँ पर वह पत्थर आज भी है। उस पर गुरुनानक देव की पीठ और शैतान के पैरों के निशान देखे जा सकते हैं। अन्य गुरुद्वारों की तरह यह गुरुद्वारा भी साफ-सुथरा है। हर वक्त लंगर चलता रहता है। सेना के जवानों के लिए यह महत्त्वपूर्ण आस्था का केन्द्र है। स्थानीय बौद्ध, गुरुनानक देव को लामा नानक नाम से पुकारते हैं। उनके लिए भी यह एक पूजास्थल है। यहाँ से निकलते ही, लीजिए, सामने लेह आ गया। खुला मैदान, चारों ओर पहाड़ों का फैलाव। मैं इस बात से अब सहमत हूँ कि लद्दाख का अर्थ 'दर्रा से घेरा' होता है।

लेह शहर में प्रवेश करते-करते, अचानक जावेद ने गाड़ी बाईं ओर के उपमार्ग की ओर मोड़ दी थी। अभी उजाला था और उसके मतानुसार एक प्रमुख गोम्पा देखा जा सकता था। यह लेह के प्रवेशद्वार पर स्थित है, ऐसा कह सकते हैं। और इसका नाम है फिंयांग गोम्पा।

फिंयांग गोम्पा पहुँचे तो प्रकृति का नजारा ही कुछ और था। चारों तरफ घिरी पहाड़ी का पीलापन इतना गहरा था कि सूर्य की तिरछी किरणों में कत्थई और कहीं-कहीं नीलापन भी उभर रहा था। चारों ओर हरियाली बिछी थी। दूर पहाड़ की चोटियों पर सफेद बादल। यह सतरंगी दृश्य था। धर्मराजा जमयिंग नामग्याल के समय इसे चोस्जे धरमा कुंगा टकपा द्वारा स्थापित किया गया। यह सोलहवीं शताब्दी का प्रथम दशक था। इसे महाराजा तशी नामग्याल से भी जोड़ा जाता है। यह द्रिकुंग काग्यू बौद्ध मत का प्रमुख मठ है। स्थानीय भाषा में मठ के नाम का मतलब है नीला पहाड़। मठ के ठीक पीछे के पहाड़ को नीला पहाड़ कहा जाता है। प्रवेशद्वार के पास है देवी। कई प्राचीन भित्तिचित्र हैं। मिथकों व कल्पनाओं का सजीव कलात्मक चित्रण। यहाँ कई प्राचीन मूर्तियाँ व हस्तलिखित ग्रन्थ सुरक्षित हैं। ध्यानी बुद्ध की विशिष्ट मुद्रा वाली प्रतिमा ध्यान आकर्षित करती है। इसमें सुरक्षित है बौद्धों की आस्था। और मैंने सिर झुकाकर नमन किया था।

लेह-लद्दाख

लेह पहुँचते-पहुँचते शाम हो चुकी थी। मगर अँधेरा पसरा नहीं था। अच्छा बड़ा शहर प्रतीत होता है। हाँ, सेना की उपस्थिति अधिक महसूस होती है। काफी बड़े क्षेत्र में छावनी है। मगर यह चुभती नहीं है। उलटा यहाँ के सौन्दर्य को बढ़ा रहा है। सड़कें साफ-सुथरी, खुली और चौड़ी हैं। बौद्ध व लद्दाखी-तिब्बती कला-संस्कृति के प्रतीक हर रूप में हर जगह देखे जा सकते हैं। मेरा होटल पहले से बुक है। यूँ तो यहाँ हर श्रेणी के कई होटल हैं। मगर अच्छे होटलों में कमरे मुश्किल से मिलते हैं। विशेषकर इस गर्मी के मौसम में। तभी पता चला था कि इसी दौरान दलाई लामा भी पधार रहे हैं और कालचक्र का धार्मिक आयोजन है। इसलिए भी बाहर से आनेवालों की संख्या अधिक है। सड़कों, विशेषकर चौराहों पर लगे कटआउट से भी इसकी झलक मिल रही है। एक मैदान में यह कार्यक्रम होना है। उसी के बगल से हम निकले थे। तैयारी जोर-शोर से चल रही थी।

होटल पहुँचा तो वह साफ-सुथरा, खुला-खुला, सभी सुविधाओं से लैस था। यह लेह का अब तक का सबसे अच्छा होटल माना जाता है। पाँच सितारा स्तर का एकमात्र। होटल के रिसेप्शन काउंटर के कर्मचारी ने आवश्यक सूचना के तहत मुझे आराम करने की सलाह दी थी। किसी भी तरह की बेचैनी होने पर तुरन्त सम्पर्क करने के लिए भी कहा था। रात को बेचैनी हो सकती है, आगाह किया था। पानी पीते रहना है। यह तो मैं पहले से ही करता आया था। यूँ तो होटल वातानुकूलित है मगर एक अतिरिक्त पंखा लगा दिया गया था। रात में खिड़की खोल सकता हूँ, कहा गया था। बातचीत में उसने यह भी कहा था कि चूँकि आप सड़क मार्ग से आए हैं इसलिए चिन्ता की कोई बात नहीं, वायुमार्ग से आनेवालों के लिए थोड़ी सावधानी बरतनी पड़ती है। वैसे होटल में सभी सुविधा उपलब्ध है, डाक्टर-मेडिसिन आदि।

कमरा अच्छा बड़ा और खुला था। कुर्सी पर बैठकर पैर फैलाए थे। साथ ही टेबल पर एक पुस्तक पड़ी थी और मैं उसे पलटने लगा। अपनी पुरानी जानकारियाँ व्यवस्थित हो रही थीं। लद्दाख अर्थात 'दर्रा का घेरा'। ठीक ही तो है। देखकर आ भी रहा हूँ। बाईं तरफ पश्चिम में जोजिला-फोतुला, ऊपर उत्तर में नुबरा वादी और खरदुंगला, दाईं तरफ पूर्व में चंगथंग और चांगला, नीचे दक्षिण में जंस्कार और पेनजिला।

लद्दाख विश्व की सबसे ऊँची दो पर्वत शृंखला से घिरा हुआ है—एक काराकोरम और दूसरा महान हिमालय। यह 97000 वर्ग किलोमीटर में फैला हुआ है जिसकी ऊँचाई करीब 3500 मीटर (औसत) समुद्र तल से है।

मैंने आँखें बन्द की थीं। उस काल में पहुँचने की कोशिश में था जब न तो चौड़ी सड़कें थीं और न ही मोटर कार और हवाई जहाज थे। कल्पना करने लगा कि उस दौर में मानव, समूह में, इन प्रदेशों में कैसे आता-जाता होगा। आज इतना दुर्गम है यह पर्वत तो उन दिनों में कितना डराता होगा? दर्रे कैसे खोजे गए होंगे? यात्राएँ कितनी

खतरनाक होती होंगी ? यह सोचकर आश्चर्य होता है कि उन दिनों में भी, खच्चरों और घोड़ों के माध्यम से, इन प्रदेशों में व्यापार होता था। लद्दाख केन्द्र में था। महीनों लम्बी यात्राएँ होती थीं। आँधी, तूफान और बर्फ का खतरा बना रहता होगा। कितने फँसकर निकल नहीं पाते होंगे और बर्फ में दफन हो जाते होंगे। आनेवाली कई पीढ़ियों ने इनके कंकालों को देखा होगा। वे सहमे भी होंगे, डरे भी होंगे और फिर हिम्मत से आगे बढ़े भी होंगे।

पूर्व में इस क्षेत्र पर दो प्रमुख राजवंशों ल्हाचेन और नामग्याल ने शासन किया, जबकि अंग्रेजों ने यहाँ डोगरा राजाओं के द्वारा राज किया। लद्दाखी भाषा से बहुत कुछ यहाँ के इतिहास को जाना जा सकता है। जैसा कि 'छोरतेन' व 'ला' आदि से हम समझ पाए हैं। असल में बाहरी संस्कृति का असर, यहाँ कभी नहीं हुआ, कहना तो उचित नहीं होगा, कम पड़ा, जो आज भी देखा जा सकता है। कई मायनों में पूर्व की स्थिति बनी हुई है। भाषा-साहित्य की पहचान बरकरार है। तिब्बत में तो महायानी धर्म के प्रभाव पर चीन की छाया पड़ गई मगर लद्दाख इसे बचा ले गया। इसीलिए इसे छोटा तिब्बत भी कहते हैं। यह सुनकर रोमांच और बढ़ जाता है कि, जैसा कि पूर्व में इसका जिक्र भी आया कि सिकन्दर के साथ के लोग, 300 ई. पूर्व में, सिन्धु नदी के किनारे-किनारे आकर, तिब्बतियों के आने से पूर्व यहाँ बसे थे। ये आज भी तिब्बतियों व लद्दाखियों से भिन्न हैं। मगर फिर तिब्बत में भी तो बाहरी आक्रमण हुआ था और तिब्बत ने यहाँ हमला किया। और इन सबसे पहले यहाँ के स्थानीय निवासियों के बॉन धर्म-संस्कृति की बात हम लामायारू में देखकर आ रहे हैं।

अर्थात इस मानव विस्थापन के चक्र को समझ पाना थोड़ा मुश्किल और पेचीदा है। और यह कितना सही है, दावे से कोई नहीं कह सकता। इसलिए जितना समझ सको, ठीक, वरना उस पर लड़ने-झगड़ने से कोई फायदा नहीं। हाँ, इसे स्वीकार करना चाहिए कि सभ्यताएँ आपस में मिलती-जुलती रहीं, कई कारणों से। एक-दूसरे के देश में जाकर बसने की प्रक्रिया, सदियों से चली आ रही है और आज भी जारी है। आखिरकार सब थे तो मानव ही, और हैं भी, और रहेंगे भी। तो झगड़ा किस बात का?

यूँ तो 15 अगस्त, 1947 को स्वतन्त्र होने के बाद लद्दाख गणतन्त्र भारत का अंग बना। लेकिन प्रारम्भ से ही पाकिस्तान ने लद्दाख को हड़पने की कोशिश प्रारम्भ कर दी थी। परिणामस्वरूप, आगे चलकर यहाँ कई युद्ध हुए। समय-समय पर चीन ने भी यहाँ पर दखलअन्दाजी की। इसी कारण चीन-भारत का युद्ध भी हुआ। मगर यहाँ गौर करने की बात यह है कि लद्दाखवासियों में भारत देश के प्रति अपनापन और श्रद्धा की भावना सदा बनी रही। यह शताब्दियों से रही है। यह प्रेम-सम्बन्ध अद्वितीय है। इसका प्रमुख कारण भारतवर्ष से भगवान गौतमबुद्ध का सम्बन्ध होना है। और लद्दाख के लोगों में, प्रारम्भ से अब तक, बौद्ध धर्म के प्रति दृढ़-आस्था रही है। इतिहासकारों का यह मानना है कि इस क्षेत्र में बौद्ध धर्म का प्रवेश सम्राट अशोक के शासनकाल अर्थात दो-तीन सौ ईसा पूर्व समयकाल में हो चुका था। तभी तो, उस काल में स्थापित स्तूप (छोरतेन) के अवशेष आज भी प्राप्त होते हैं।

पूजास्थल के रूप में स्तूप स्थापित करने की बौद्धों की पुरानी परम्परा है। भगवान बुद्ध के महापरिनिर्वाण के बाद उनके शरीर का दाह-संस्कार हुआ। प्राप्त अस्थियों को रखकर कुशीनगर में महापरिनिर्वाण स्तूप की स्थापना हुई। कुशीनगर, पूर्वी उत्तर प्रदेश के देवरिया और गोरखपुर से मात्र 45 किलोमीटर की दूरी पर स्थित है। इस स्थान से भी लद्दाख के लोगों का आवागमन प्राचीनकाल से था।

बौद्ध धर्म के दो रूप हैं—हीनयान तथा महायान। हीनयान परम्परा को मानने वाले भारत के अतिरिक्त बर्मा, थाईलैंड, कम्बोडिया, लहासे तथा श्रीलंका देश में हैं। हीनयान परम्परा में गौतम बुद्ध को दर्शाने के लिए कुशीनगर स्थित महापरिनिर्वाण शैली के स्तूप की स्थापना का चलन है। दूसरी ओर महायान अर्थात तिब्बती बौद्ध कला में आठ प्रकार के स्तूप भगवान बुद्ध की लीलाओं को दर्शाने के लिए बनाए जाते हैं, जिसके सैकड़ों उदाहरण लद्दाख के प्रत्येक भाग में मिलेंगे। यूँ तो 200 ईसवीं के आसपास महायान पन्थ की शुरुआत हुई थी। लेकिन जिस ढंग का महायान तिब्बत और हिमालय में प्रचलित है उसकी नींव सातवीं अथवा आठवीं ईसवीं में आचार्य पद्मसम्भव ने रखी थी। आचार्य पद्मसम्भव से सम्बन्धित कई ऐतिहासिक तथ्य आज भी लद्दाखियों के बीच आम चर्चा में हैं।

मैंने उठकर पानी पिया और खिड़की से बाहर झाँका था। लद्दाख एक वीरान और रेगिस्तानीय पर्वत क्षेत्र है। यह आज भी दुनिया में दुर्गम, अगम्य और सामान्य शब्दों

में कहें तो मानवीय पहुँच से बाहर है, जिसका अपना आकर्षण और सौन्दर्य है। यह मानवीय रूप से वीरान होते हुए भी जीवन्त है। यह आकर्षक प्राकृतिक विस्मयकारी पर्वतों के साथ-साथ अति प्राचीन धर्म एवं संस्कृति का एक अद्भुत और अद्वितीय वंडर लैंड है। ठीक ही तो लिखा है। मैं इसका अहसास रास्ते में करता हुआ आया था। चाय मँगवाई और पीते हुए मैं एक बार फिर खिड़की से बाहर झाँकने लगा था। बाहर अँधेरा पसर गया था। तारे टिमटिमाने लगे थे। वे कुछ नजदीक प्रतीत हुए थे। लगा कि सदियों से ये लद्दाख की भूमि को देख रहे हैं...लद्दाख भूभाग विशाल होने के साथ-साथ सांस्कृतिक दृष्टि से भी सुसम्पन्न मगर सुदूर भूभाग है। लद्दाखी सहृदयशील के साथ-साथ परम्परा से गुँथे-बँधे होते हैं। तिब्बती इतिहासकारों के हिसाब से लद्दाखियों को, घाटियों में बसने वाला, स्थिर कृषि उद्यमी कहा जाता है। सच तो यह है। मात्र तीन-चार माह की कृषि लायक जलवायु के बावजूद कृषि को बढ़ावा व आत्मनिर्भरता कमाल है। इसीलिए यहाँ के कई त्योहार किसानों व हरियाली से सम्बन्धित हैं।

लेह लद्दाख का प्रमुख शहर है। यह कच्छ (गुजरात) के बाद देश का दूसरा सबसे बड़ा जिला है। 11500 फीट की ऊँचाई पर स्थित, इसका तापमान गर्मियों में दिन में 30 डिग्री तो वहीं रात अत्यधिक ठंडी होती है। बाकी समय में इसका तामपान शून्य से नीचे भी चला जाता है। यह वायु मार्ग के अतिरिक्त सड़क मार्ग से दो दिशाओं से जुड़ा हुआ है। एक श्रीनगर से लेह, वही रास्ता है जहाँ से हम आए थे। दूसरा मनाली से लेह, तकरीब 475 किलोमीटर लम्बा है। यह रोहतांग पास, केलांग, बारालाचा ला, सरचू ला, चुंगला एवं तांगलागा ला से होते हुए गुजरता है। यह अधिक साहसिक और जोखिम से भरा होने के बावजूद अधिक उपयोग में लाया जाता है। इन दो वर्तमान मुख्य सड़कों के अतिरिक्त कई और प्रमुख मार्ग प्राचीन काल में थे। बलटिस्तान से दो मार्ग थे—एक श्योक से खलसी होते हुए, दूसरा स्कार्डू से कारगिल होते हुए लेह। इसके अतिरिक्त हर मौसम के लिए लेह से यारकंड और लेह से ल्हासा का रास्ता था। जो आधुनिक देश निर्माण के साथ बन्द है। लेह के नजदीक जंस्कार और नुबरा घाटियाँ स्थित हैं। जंस्कार वादी हम कल घूम आए थे। जबकि अगले दिन नुबरा जाने की योजना बनाई है।

मैंने आँखें बन्द कर एक लम्बी साँस ली थी। पीछे छोड़ आई स्मृतियाँ आँखों के सामने तैर गई थीं। विशाल खूबसूरत घाटियों को, इस होटल की पुस्तिका में कितनी आसानी से छोटे में समेट दिया गया। यही नहीं, इतिहास तो पूरा गायब है। या आधा-अधूरा।

'लेह' शब्द की उत्पत्ति तिब्बती यायावर के लिए बने शिविर से सम्बन्धित है। तिब्बती प्रवासी यहाँ आते तो यह उनके लिए रुकने का पड़ाव होता था। ऐसे में विश्राम करने के लिए शिविर होते होंगे। यह शिविर का स्थान था। यहाँ पहले ही दरद लोग रहते थे। दरद लोगों का उल्लेख महाभारत में भी आता है। विष्णु पुराण में भी।

दर्दिस्तान एक प्रदेश है जो उत्तरी कश्मीर, दक्षिण रूस या फिर सिन्धु नदी द्वारा सिंचित क्षेत्र तक फैला है। दरद या दरत इसी से दरिद्र शब्द की उत्पत्ति हुई। जो हीन दशा का द्योतक है। तो क्या नई, प्रभावशाली, मजबूत, जीती हुई सभ्यताएँ पुरानी को निगल जाती हैं? इतिहास को भी नष्ट कर जाती हैं? शायद। यह हम कुछ जान पाते हैं तो बहुत कुछ नहीं भी जान रहे होंगे। जैसे कि यह अन्याय है, यहाँ आनेवाले पर्यटकों के साथ। उन्हें कितना कम बताया जाता है। सिर्फ चन्द महत्त्वपूर्ण पर्यटन स्थल और उनका टूटा-फूटा विवरण।...मगर इससे अधिक और क्या लिखा जा सकता है? संक्षिप्त में, यह पर्यटक को सलाह व परामर्श दे देते हैं। बाकी पर्यटक पर निर्भर करता है कि वो क्या और कैसे और कितना व किस हद तक देखना चाहता है।

मैं आगे का प्लान बनाने के लिए, इकट्ठा की गई सभी जानकारियों को, व्यवस्थित करने लगा था। नुबरा वैली में भी कई आकर्षक पर्यटन के स्थान हैं। जिसमें खरदूंगला (दर्रा-पास) प्रमुख है। यह दुनिया की सबसे ऊँचाई पर स्थित सड़क मार्ग है जो लेह से नुबरा घाटी की ओर जाने के रास्ते में पड़ता है। इसके अतिरिक्त अति प्राचीन डिस्किट गोम्पा एवं हंडर गोम्पा हैं जहाँ पर दो कूबड़ वाले ऊँटों की सवारी एक आकर्षण का केन्द्र है। और इसी के आगे पनामिक गाँव है जो गर्म पानी के झरने और सुदूर अलग-थलग स्थित इंसा गोम्पा के लिए प्रसिद्ध है।

इसके अतिरिक्त लद्दाख क्षेत्र में दो झीलें आकर्षण का केन्द्र हैं। जहाँ अमूमन सभी पर्यटक जरूर जाने की कोशिश करते हैं। पेंग्यॉग (पांगोग त्सो) लेक 134 किलोमीटर लम्बी झील है जो कि समुद्रतल से 4350 मीटर की ऊँचाई पर स्थित है। इसका नीला गहरा पानी किसी का भी मन मोह लेने के लिए काफी है। इसका मात्र लगभग 35 से 40 प्रतिशत हिस्सा हिन्दुस्तान में है जबकि बाकी हिस्सा चीन के क्षेत्र में स्थित है। पेंग्यॉग लेक लेह से करीब 150 किलोमीटर की दूरी पर है। इसके अतिरिक्त त्सो मोरिरि (मोरिरि झील) 240 किलोमीटर दूर स्थित है। यह नमकीन पानी के लिए जानी जाती है। इसकी लम्बाई मात्र 20 किलोमीटर है जबकि यह समुद्रतल से 4595 मीटर की ऊँचाई पर स्थित है।

इसके अतिरिक्त स्थानीय दर्शनीय स्थल भी हैं। जिनमें प्रमुख हैं—लेहमहल, लेहमस्जिद, शान्ति स्तूप, स्टोक पैलेस और थिक्से, शंकर, हैमिस मठ आदि।

क्या इतना ही लेह-लद्दाख है? कदापि नहीं। इन गोम्पाओं और दर्रों में कई काल समाए होंगे। और मैं आँख बन्द कर आगे का कार्यक्रम बनाने लगा था। कल कुछ स्थानीय केन्द्रों के साथ नुबरा वैली देखी जा सकती है। सुबह जल्दी निकलकर, रास्ते में जाते हुए देखते चलना, फिर बेशक चाहे आखिरी छोर तक पहुँचने में अँधेरा हो जाए, लौटते में सीधे वापस होटल आया जा सकता है। हल्की थकावट थी, आँख लग गई।

थोड़ी देर बाद उठा तो भोजन के लिए रेस्टोरेंट पहुँचा था। सभी आम भारतीय व्यंजन थे। मगर आसपास विदेशी पर्यटक अधिक दिख रहे थे। मैंने भोजन हल्का लिया था।

और वापस कमरे में पहुँचकर एक बार फिर साथ लाए पुस्तकों के पन्ने पलटने लगा।...गूगल में लद्दाख खोजने लगा।...मगर गूगल यहाँ सुस्त है...शायद टेलीकॉम कम्पनियों की लाइनें भी यहाँ ठंड में ऑक्सीजन की कमी में हाँफने लगती हैं...कम्प्यूटर बड़ी मुश्किल से साँस ले पा रहा है...जबकि रास्ते में तो मोबाइल सेवा भी नहीं थी।

लद्दाख में धार्मिक आस्था

स्थानीय पौराणिक कथाओं के मतानुसार तीन लोक हैं। ऊपर देवताओं का लोक श्वेत रंग का, मानव का लोक लाल रंग का जबकि नीचे पानी का पाताल लोक नीले रंग का है। लद्दाख कई नामों से जाना जाता रहा है। नाम के शब्दार्थ इसकी व्याख्या भी कर देते हैं। मारयुल (लाल धरती), मांगयुल (कई लोगों का घर), की-खाछनपा (बर्फीला क्षेत्र)। मैंने तो इसे 'पीताम्बर' नाम दे ही रखा है। लद्दाखियों के लिए 'लाह' देवता है और ये दैवी शक्तियों पर विश्वास करते हैं। यहाँ 'लाहमिन' असुर है तो दुरबी शैतान। यहाँ के चित्रों में शिव-महिषासुर और महासरस्वती व लक्ष्मी चित्रित की गई हैं। इनके प्राचीन चित्रों में भी वही ध्वनि निकलती है जो हमारी पौराणिक कथाओं में है। बौद्ध धर्म के आगमन के पूर्व यहाँ की अपनी मान्यताएँ और आस्थाएँ थीं। जिनको साथ लेकर बौद्ध धर्म यहाँ स्थापित हुआ।

लद्दाख में बौद्ध धर्म ईसा पूर्व के समय काल से विराजमान है। समय के साथ इसकी जड़ें यहाँ इतनी गहरी हो गईं कि अब इसने एक वटवृक्ष का रूप ले लिया है। यूँ तो समय-काल-स्थान परिवर्तन से सभ्यता-संस्कृति व धर्म अपना स्वरूप आवश्यकतानुसार बदलते रहते हैं मगर यहाँ यह अपने मूल रूप में, आज भी उपस्थित होता प्रतीत होता है। लद्दाख के इतिहास पर विश्वास करें तो 300 ईसा पूर्व गौतम बुद्ध के धर्मदूत महाकश्यप के आगमन से इस क्षेत्र में बौद्ध धर्म का उद्गम प्रारम्भ होता है। बौद्ध कथाओं से यह स्थापित होता है कि लद्दाख आगमन से पूर्व महाकश्यप श्रीनगर पधारे थे। महाकश्यप को कश्मीरी भाषा में काश्यप मुनि या ऋषि कहा जाता है और इनसे सम्बन्धित लोकगीत कश्मीर में गाए जाते हैं। कश्मीर वादी में बहुत सारी झीलें और चश्मे हैं जिनकी किंवदन्तियाँ लद्दाख में आम हैं। कहते हैं वेरीनाग चश्मा महाकश्यप के चरणस्पर्श से उत्पन्न हुआ। उन्होंने ही मलैए पर्वत से केसर के बीज लाकर कश्मीर की उपजाऊ जमीन में बोए। आज यही केसर श्रीनगर की पहचान बन चुका है। शायद यही कारण है कि लद्दाखी भाषा में महाकश्यप को ड-चोम-पा-निमा-कुंड अर्थात एक ही दिन में अर्हत की सिद्धि प्राप्त करनेवाले के नाम से जाना जाता है। ऐसी ही मिलती-जुलती कहानियाँ हमने श्रीनगर-कश्मीर में भी सुनी-पढ़ी थीं। यह दीगर बात है कि दोनों घाटियों की कथाओं में काल, चरित्र और घटनाक्रम में भिन्नता नजर आती है मगर हजारों वर्ष पुराने कालखंड को देखते हुए ऐसा होना स्वाभाविक है।

यह सम्राट अशोक के शासनकाल का युग था। उस काल में स्थापित स्तूप (छोरतेन)के अवशेष आज भी यहाँ-वहाँ मिल जाते हैं, विशेष रूप से जंस्कार घाटी में। कई राजाओं ने इन स्तूपों को बाद में पुनर्निर्माण कर भव्य व आकर्षक बनाया। स्तूप का निर्माण बौद्धों की पुरानी परम्परा रही है। भगवान बुद्ध के महापरिनिर्वाण के बाद, शरीर के दाह-संस्कार से प्राप्त अस्थियों से महापरिनिर्वाण स्तूप की स्थापना हुई। यहीं से भिक्षुओं और धर्मवाहकों ने चारों दिशाओं में भगवान बुद्ध की अस्थियाँ ले जाकर अनेक स्थानों पर स्तूप का निर्माण किया। इसी ने आगे चलकर भगवान बुद्ध के शरीर का साक्षात् रूप में पूजने का रूप धारण कर लिया।

बौद्ध धर्म के दो रूप हैं। हीनयान तथा महायान। महायान मूल रूप से तिब्बत और लद्दाख में प्रचलन में है जिसके अन्तर्गत बौद्धकला अपने अद्‌भुत व आकर्षक रूप में उपस्थित है। यहाँ पर आठ प्रकार के स्तूप भगवान बुद्ध की लीलाओं को दर्शाने हेतु बनाए जाते रहे हैं जिसके सैकड़ों उदाहरण लद्दाख के हर भाग में आज भी उपस्थित हैं। इन आठ प्रकार की लीलाओं को प्रदर्शित करनेवाले प्रमुख छोरतेन (स्तूप) निम्नलिखित हैं।

टाशी गोमंग : यह छोरतेन लगभग 2600 वर्ष पूर्व गौतम बुद्ध के लुम्बिनी वन में जन्म लेने से सम्बन्धित है। यहाँ सम्राट अशोक ने भी लगभग 2200 वर्ष पूर्व तीर्थयात्रा की थी। और चिरस्मरणीय बनाने हेतु एक स्तम्भ गढ़वाया था। जिस पर उस समय की मगधी भाषा में लुम्बनी वन में बुद्ध के जन्म लेने का उल्लेख है। यह स्थान वर्तमान नेपाल देश में पड़ता है। और यहाँ भारत के गोरखपुर जिले से आसानी से पहुँचा जा सकता है।

चंगछुप छोरतेन : चंगछुप अर्थात बुद्धत्व को प्राप्त करना। गौतम बुद्ध ने छह वर्ष के कठिन ध्यान के बाद बोधि वृक्ष के नीचे बुद्धत्व-लाभ प्राप्त किया था। वर्तमान बिहार राज्य में यह स्थान बौद्धगया के नाम से विख्यात है। यह बौद्ध धर्म के अनुयायियों के लिए किसी तीर्थ से कम नहीं।

छोस्कोर छोरतेन : छोस्कोर का तात्पर्य धर्मचक्र प्रवर्तन से है। भगवान बुद्ध ने बौद्धगया में ज्ञान प्राप्त करने के पश्चात भिक्षुओं को धर्मोपदेश सर्वप्रथम बनारस शहर से सात किलोमीटर दूर सारनाथ में दिया था। यहाँ स्थित चौखंडी स्तूप को ही बुद्ध के प्रथम उपदेश का स्थान माना जाता है।

छोटुल छोरतेन : बौद्ध धर्म के विरोध में तत्कालीन अन्य धर्मावलम्बियों ने विपरीत बातें करना प्रारम्भ कर दिया था। जिसके निवारण के लिए बुद्ध ने उपयुक्त शिक्षा प्रदान की थी।

ल्हाबब छोरतेन : भगवान बुद्ध की माता महामाया, बुद्ध के जन्म लेने के साथ ही स्वर्गवासी हो गई थीं। भगवान बुद्ध के बौद्धगया में सर्वज्ञ ज्ञान प्राप्त करने के उपरान्त स्वर्गलोक में अपनी माता को इस ज्ञान से दर्शाना था। यह स्तूप, भगवान के एक बार फिर पृथ्वी पर लौटने सम्बन्धी लीला को दर्शाता है।

एनदुम छोरतेन : जब गौतम बुद्ध को यह सन्देश प्राप्त हुआ कि अजातशत्रु लिच्छवी जनपद का नामोनिशान मिटाने पर तुला हुआ है तो बुद्ध ने अपने मधुर प्रवचन से उनके मन को शान्त किया था। यह उसी लीला से सम्बन्धित है।

नमग्यल छोरतेन : भगवान बुद्ध दीर्घायु प्राप्त हों, उनके अनुयायियों का ऐसी कामना करने से सम्बन्धित यह स्तूप है।

न्यंगनदस छोरतेन : भगवान बुद्ध का महापरिनिर्वाण 80 वर्ष की आयु में उत्तर प्रदेश के देवरिया जिले के कुशीनगर में हुआ था। यहाँ स्थापित स्तूप भगवान बुद्ध के महापरिनिर्वाण की लीला को दर्शाने से सम्बन्धित है। इसकी शैली श्रीलंका अथवा हीनयान के अनुयायी देशों के स्तूप से मेल खाती है।

यह माना जाता है कि भगवान बुद्ध के महापरिनिर्वाण के बाद उनके प्रवचनों को एकत्रित करने के लिए कई संगीतियाँ (सम्मेलन) आयोजित हुईं। जहाँ उनके उपदेशों का पाठ होता था। यह धर्म संगीति अर्थात धर्म सम्मेलन ही है। संगीति का अर्थ साथ-साथ गाना भी है। हीनयानी अनुयायी भगवान बुद्ध द्वारा प्रदान की गई मूल शिक्षा को त्रिपिटक के नाम से सम्बोधित करते हैं जबकि महायान अर्थात तिब्बती-लद्दाखी बौद्ध धर्मावलम्बी उसी त्रिपिटक को कांग्युर के नाम से सम्बोधित करते हैं। कांग्युर में 108 ग्रन्थ हैं। इन सबकी प्रतियाँ तकरीबन लद्दाख के सभी गोम्पाओं में सुरक्षित पाई जाती हैं। और जिसका पाठ लामागण समय-समय पर करते रहते हैं।

चर्चित मान्यताओं के हिसाब से महायान की शुरुआत, राजा कनिष्क के शासन काल में कराई गई चौथी संगीति में हुई थी। लेकिन सच तो यह है कि जिस

प्रकार का महायान धर्म आज तिब्बत व लद्दाख सहित हिमालय के क्षेत्रों में प्रचलित है उसकी नींव सातवीं व आठवीं शताब्दी के आचार्य पद्मसम्भव ने रखी थी। कहा जाता है कि आचार्य पद्मसम्भव का जन्म, वर्तमान के पाकिस्तान के क्षेत्र में हुआ था। वे तिब्बत व लद्दाख में कश्मीर के रास्ते से ही पधारे थे। उन्होंने कुछ वर्ष कश्मीर में भी रहकर सुख-शान्ति का ज्ञान बाँटा था। उनकी यात्रा के सम्बन्ध में भी कई किंवदन्तियाँ हैं। और लद्दाखी लोकगीतों में उनका उल्लेख आता है। ये (पाकिस्तान स्थित) स्कारदो, बल्दिस्तान होते हुए कारगिल के रास्ते जंस्कार पधारे थे। वहाँ, सनि गाँव में स्थित स्तूप, जिसकी स्थापना राजा कनिष्क के शासनकाल के दौरान हुई थी, में ध्यान किया और धर्म-विरोधी ताकतों को परास्त किया। जंस्कार से आगे मध्य लद्दाख जाने के दौरान रास्ते में नीमू गाँव के पास दानवों ने उन पर जमकर वार किया था। ऐसे में उन्होंने चमत्कारी ढंग से यहाँ छुपकर दानवों को पछाड़ा।

आचार्य पद्मसम्भव के लद्दाख क्षेत्र में भ्रमण की कई कहानियाँ गाँवों में आज भी कही-सुनी जाती हैं। और कई गोम्पाओं की स्थापना को भी उनसे जोड़ा जाता है। उनका स्थान तिब्बती-लद्दाखी बौद्धधर्म अर्थात महायान सम्प्रदाय में बुद्ध के बाद माना जाता है। अर्थात वे द्वितीय बुद्ध के रूप में स्थापित हैं। उन्होंने ही तिब्बत के सबसे प्राचीन लामा मठ सम्यो की स्थापना की थी। लद्दाख क्षेत्र में सबसे प्राचीन गोम्पाओं में से एक आकर्षक गोम्पा सकटी गाँव में डकथोग नाम से स्थापित है। यहाँ

स्थित एक गुफा के अन्दर ही आचार्य पद्मसम्भव ध्यान में बैठे थे। यहाँ उनके हाथ के चिह्न व ध्यान का स्थान पूर्ण रूप से सुरक्षित है। इस गोम्पा में आज भी कई लामा रहते हैं। वे सभी प्राचीन काल से चली आ रही परम्पराओं का निर्वाह करते हुए विश्वशान्ति व मानवता के सुख की कामना करते हैं।

इस धर्म में साधना, अति प्राचीन परम्परा का प्राण है। अतः गृहस्थ व भिक्षु सभी साधना के लिए समर्पित रहते हैं। साधना के लिए श्रद्धा और अपूर्व उत्साह की आवश्यकता होती है। साथ ही योग्य गुरु की अनुकम्पा बनी रहनी चाहिए। यह बौद्ध जीवन का अनिवार्य अंग गाना गया है।

लद्दाख के नजदीक एक प्रमुख लामा मठ हेमिस गोम्पा स्थित है। यह काग्युदपा परम्परा को स्वीकार करता है। इसकी स्थापना लद्दाख के महानतम राजा सेङ्गे नामग्याल के द्वारा उनके धर्मगुरु लामा स्तगछंङ के लद्दाख आगमन (1570 ईसवीं) के दौरान हुई।

इसके अतिरिक्त साक्यापा निकाय व गिलुकापा सम्प्रदाय का उदय भी लद्दाख के भिन्न-भिन्न राजाओं के समय काल के दौरान उनके प्रमुख लामा व दिग्गज शिष्यों के द्वारा हुआ। वर्तमान में इन सभी सम्प्रदायों के कई लामा मठ लद्दाख व आसपास के क्षेत्रों में देखे जा सकते हैं।

बौद्ध धर्म में सरलता है तो आस्था में समर्पण है। पृथ्वी के जीवन की कल्पना सुन्दर है। बौद्ध शान्ति, प्रेम और साधन का धर्म है। भगवन बुद्ध ने अपने भिक्षुओं को स्वयं दीक्षा दी थी। कालान्तर में कोई भी सिर मुडाकर, घुटने टेककर, हाथ जोड़कर, तीन बार कहे—

बुद्धं शरणं गच्छामि।
धर्मं शरणं गच्छामि।
संघं शरणं गच्छामि।

और इस प्रकार धर्म की दीक्षा प्राप्त कर सकता है। बुद्ध बड़ी सरलता से कहते हैं—तुम धर्म के द्वारा अपने और दूसरों के दुखों का नाश करो। और इस तरह संसार के दुख दूर करो। तुम श्रद्धा के बीज बोया करो। धर्म का पालन करो। वाणी में संयम रखो। सन्तोष जीवन की आवश्यकता है।

लद्दाखी समाज

बौद्ध जीवनदर्शन यहाँ की संस्कृति में, दैनिक जीवन, त्योहार, कला, साहित्य में भी देखे जा सकते हैं। शायद यही कारण है कि लद्दाखी प्रारम्भ से ही शान्तिपूर्ण और अहिंसक रहे। इन्होंने स्वार्थ, लोभ, लालच के कारण कभी अपने सिद्धान्तों से समझौता नहीं किया। इतिहास गवाह है, इनके चरित्र, सद्व्यवहार व कर्तव्य-निष्ठा सर्वोपरि रहे। परन्तु कभी-कभी इन्हीं सद्गुणों के कारण ये शारीरिक और मानसिक

रूप से प्रताड़ित भी हुए। मगर फिर भी ये कभी विचलित नहीं हुए। शीतकाल में आपस में कहानियाँ कहकर समय बिताते। और यही कारण है कि इतिहास एक पीढ़ी से दूसरी पीढ़ी तक पहुँचता रहा। यहाँ चारों दिशाओं से लोगों का आगमन हुआ। मगर लद्दाखी-समाज ने अपनी पहचान और परम्परा बरकरार रखी।

लद्दाखी-समाज का परिवार स्त्री-आधारित था। विवाह की विशिष्ट परम्परा रही, जिसमें लड़के-लड़की को काफी हद तक स्वतन्त्रता थी। यहाँ बहुत समय तक बहू-पति प्रथा का प्रचलन रहा। बड़ा भाई परिवार का प्रधान होता। परिवार स्थायी और लघु होते। अर्थात परिवार और समाज में स्त्री का स्थान उच्च होता। पुनर्विवाह और विधवा विवाह स्वीकार्य रहा है। मगर धार्मिक अभ्यास के अवसर भिक्षुणियों और गृहिणियों को कम मिल पाते। गोम्पाओं के विशेष कक्ष में कहीं-कहीं स्त्री का प्रवेश निषेध भी था। अपवाद-स्वरूप कुलीन और धनी वर्ग में बहू-पत्नी प्रथा का प्रचलन भी था।

लद्दाख के धार्मिक त्योहार के अन्तर्गत मठों/गोम्पाओं में नृत्य का आयोजन होता है। इन्हें 'छमस' या लामा नृत्य भी कहा जाता है। जबकि सांस्कृतिक त्योहारों में नववर्ष अर्थात 'लोसर का त्योहार' मनाया जाता है। वसन्त ऋतु के उद्गम से सम्बन्धित त्योहार जैसे कि साका, सुपला, तीरन्दाजी आदि प्रमुख हैं। साका त्योहार के आयोजित करने का तात्पर्य कृषि कार्य का शुभारम्भ माना जाता है। जबकि फसल तैयार होने पर सुपला त्योहार मनाया जाता है।

धर्म व कला की तरह ही लद्दाख का साहित्य भी अति प्राचीन है। जब तक तिब्बत एक स्वतन्त्र देश के रूप में था तब यहाँ के लोगों को अपनी भाषा और साहित्य को तिब्बती कहने-कहलाने में कोई संकोच नहीं था। यहाँ के सबसे प्रभावशाली राजा सैंगे नामग्याल के शासन काल में साहित्य और लेखन का महत्त्वपूर्ण कार्य हुआ।

आज, लद्दाख की वेशभूषा में परम्परा और आधुनिकता का मिश्रण है। इनमें गजब का तालमेल है या संगम कह सकते हैं। एक तरफ लामा के वस्त्र और दूसरी तरफ नवयुवकों/युवतियों के आधुनिक परिधान। लामा अपनी वेशभूषा के कारण विश्व में पहचाने जाते हैं।

लद्दाख में एक प्राचीन लोकोक्ति है— लद्दाखी को जीवन में तीन वस्तुएँ चाहिए—खाने के लिए सत्तु, पहनने के लिए पट्टू (साधारण गर्म ऊनी वस्त्र), तथा आने-जाने के लिए टट्टू। सरल जीवन का इससे बड़ा प्रमाण और क्या हो सकता है।

छठा दिन

नुबरा वैली- खरदुंगला व शान्ति स्तूप

देर रात अचानक बेचैनी हुई थी। घुटन महसूस हुई तो घबराहट होना स्वाभाविक है। उठ बैठा था। पानी पिया और पंखा चलाया। खिड़की खोली तो ठंडक थी। चाल में हल्कापन महसूस हुआ था। यकीनन छाती में साँस का संचालन सामान्य नहीं था। मैं तो सड़क मार्ग से आया हूँ और धीरे-धीरे चढ़ाई चढ़ने से शरीर को प्रकृति के साथ तालमेल बिठाने में आसानी हुई होगी। तब ये हाल है तो जो सीधे वायुमार्ग से आते हैं उनके बारे में जो सुना है वो ठीक ही होगा। जावेद ने भी बताया था कि वह एक परिवार को किस हालात में लेह से श्रीनगर लेकर गया था। रास्ते-भर बच्चे और महिला उलटी करते गए थे। पूछने पर बताने लगा कि एयरपोर्ट पर उतरते के साथ इधर-उधर घूमने लगे थे और बिना आराम किए दौड़ते-भागते पेंग्यॉग झील देखने चले गए तो रास्ते में तबीयत जो बिगड़ी वो फिर ठीक नहीं हुई थी।

अचानक जावेद याद आया था। अब वो मेरे साथ आगे नहीं घूमेगा। लेह-लद्दाख में बाहरी टैक्सी वाले, पर्यटक व सवारी लेकर आ-जा तो सकते हैं मगर स्थानीय पर्यटन के लिए लोकल टैक्सी ही लेनी पड़ती है। टैक्सी यूनियन ने ऐसा इन्तजाम कर रखा है। स्थानीय लोगों की रोजी-रोटी के लिए शायद ये ठीक भी है। यहाँ के युवा के पास कमाई का जरिया सीमित है।...रात सोने की फिर से कोशिश की थी। अबकी बार सफल रहा था। और फिर सुबह ठीक समय पर ही उठा था। नाश्ते में वही सब कुछ था, जो अन्य सभी होटलों में होता है। बेयरे ने आकर पूछा कि कोई परेशानी तो नहीं हुई रात में? मैंने मुस्कुराकर सिर हिला दिया था। छोटी-छोटी बातों का क्या बतंगड़ बनाना। मानसिक अवस्था भी आधी परेशानी का कारण बनती है और सकारात्मक सोच आधी मुश्किलें कम कर देती है।

होटल ने मेरे लिए, अगले दो दिन के लिए, गाड़ी बुक कर रखी थी। ड्राइवर, लद्दाखी नौजवान, पतला-दुबला, साथ ही चुस्त। नाम 'थुंगवांग' बताया था। लिखने और बोलने में अन्तर हो सकता है। भाषा और लिपि का अन्तर, कई जगह मुश्किलें पैदा करता है। यहाँ पर कुछ अधिक ही महसूस हुआ था। जींस और जैकेट में वो स्मार्ट लग रहा था। उसका अपना विशिष्ट नैन-नक्श, यही उसकी पहचान है।

उसके उच्चारण में भी थोड़ा फर्क था। हिन्दी अच्छी समझ लेता मगर बोलने में थोड़ा स्थानीय पुट था। मैं उसके साथ वाली सीट पर बैठने लगा तो उसके चेहरे पर चमक उभरी थी। उसने गाड़ी चलाते ही रंगीन चश्मा पहना था। यह उस पर सूट कर रहा था। मेरी पसन्दीदा इनोवा गाड़ी, जो कि नई और साफ-सुथरी थी, को उसने गियर में डाला और हम बाजार की ओर निकल पड़े थे।

'कैसे प्लान किया है दोस्त... ?' मैंने अपने नए ड्राइवर का नामकरण कर दिया था। इसमें अपनापन भी था और मैं उसके नाम का गलत उच्चारण करके उसे तकलीफ नहीं देना चाहता था। लिखने में भी कितना सही लिख पाया हूँ, पता नहीं। हो सकता है उसे अटपटा लगा हो, पता नहीं। मगर उसने चेहरे से कोई भाव नहीं दिए थे।

'आप श्रीनगर के रास्ते वाले सारे स्पॉट तो देख ही चुके हैं और मनाली के रास्ते पर आनेवाले स्पॉट कल पेंग्यॉग जाते हुए देखेंगे। इसलिए नुबरा के रास्ते में देखते हुए चलते हैं। ठीक रहेगा...!'

लगता है होटल वाले ने समझा दिया था। मैंने कल रात ही अपनी योजना एक सुझाव के रूप में उसे दे दी थी। मगर अपने नए ड्राइवर दोस्त के अनुभव की दाद देने का मन किया था। उसने बड़ी आसानी से उसे मूर्तरूप दिया था। हमारी गाड़ी अब कस्बे की एक प्रमुख सड़क पर थी और हम आगे बढ़ रहे थे।

'हम पहले शान्ति स्तूप जाएँगे, फिर लेह पैलेस, लेह मस्जिद देखते हुए नुबरा-खरदुंगला की ओर चल देंगे।'

'ठीक है।'

शान्ति स्तूप

सुबह-सुबह मैं ऊर्जा से भरपूर था। शहर के बीच से निकलकर हम शान्ति स्तूप की ओर जा रहे थे। पहाड़ पर स्थित इस विशाल स्फेद स्तूप तक ऊपर जाने के लिए बेहतरीन घुमावदार रोड बनी हुई है। इसे, जापानी बौद्ध भिक्षु और लद्दाख के एक प्रमुख लामा व स्थानीय बौद्ध धर्म के अनुयायियों के द्वारा मिलकर बनाया गया है। इसका कार्य 1983 में प्रारम्भ हुआ और स्थापना 1985 में की गई थी। जिसका उद्घाटन फिर दलाई लामा द्वारा 1991 में किया गया। यहाँ स्तूप में दलाई लामा और बुद्ध के चित्र उभरे व उकेरे गए हैं। यह दोमंजिला ढाँचा है। प्रथम तल पर धर्मचक्र और साथ ही स्वर्णाकार बुद्ध की प्रतिमा। दूसरे तल पर बुद्ध के जन्म, महानिर्वाण और बुरी आत्माओं को परास्त करने के चित्र बनाए गए हैं। यह विश्व शान्ति के सन्देश को लेकर बनाया गया है। सुख-शान्ति और समृद्धि का प्रतीक। बौद्ध धर्म के करीब 2500 वर्ष पूरे होने का यादगार स्मारक। लद्दाख व जापान के आध्यात्मिक सम्बन्धों की एक कड़ी। स्मृति व कई सन्देशों का प्रतीक, यह विशाल गुम्बद वाला स्तूप, लेह का प्रमुख पर्यटन केन्द्र बन चुका है।

स्तूप को मैं सामने से निहार रहा था। आज यहाँ आकर मुझे बुद्ध नजर आ रहे थे। क्या वो सचमुच यही चाहते थे? अगर उनकी आत्मा है, जो कि अवश्य होगी, क्या सोचती होगी? यह मेरे लिए चिन्तन का विषय था। और मैं बहुत देर तक मौन खड़ा रहा।

लेह पैलेस और लेह मस्जिद

शान्ति स्तूप से थोड़ी दूरी पर ही लेह पैलेस है। अभी इसमें काम चल रहा था। अधिकांश भाग बन्द पड़ा था। दूसरी मंजिल के बरामदे तक किसी तरह पहुँच पाए थे। सीढ़ियाँ सँकरी हैं। लग ही नहीं रहा था कि यह राजमहल है। न तो यह राजस्थान के राजपूतों और उत्तर भारत के नवाबों की हवेलियों-महलों की तरह आलीशान और विलासिता में डूबा दिख रहा था, न ही मराठों और मुगलों के दुर्ग व किलों की तरह मजबूत। यह बौद्ध जीवनदर्शन का असर है या प्रकृति की कठोरता का परिणाम? कहना मुश्किल है। बरामदे से खड़े होकर देखने पर सामने पूरा शहर नजर आ रहा था। यह सैंगे नामग्याल द्वारा बनाया गया नौ मंजिलों का राजमहल, त्सेमो पहाड़ी के ढलान पर स्थित है। यह 17वीं शताब्दी में बनाया गया था। यह पुराना लेह महल, ल्हासा के पोटाला महल की तरह बना है। सबसे ऊपरी मंजिल पर राजा का परिवार और निचली

मंजिलों पर सहयोगी और स्टोर था। डोगरा शासक के आक्रमण के दौरान यह पूर्णतः ध्वस्त हो गया था। इसे भारत सरकार के पुरातत्व विभाग ने पुनर्जीवित किया है। आज भी इसकी स्थिति अच्छी नहीं। वहाँ लगे बोर्ड से पता चला कि यह नामग्याल राजवंश के संस्थापक त्स्वांग नामग्याल राजा द्वारा 1553 में बनाना प्रारम्भ किया गया जिसे फिर उनके भतीजे सैंगे नामग्याल द्वारा पूरा किया गया।

रास्ते में लेह मस्जिद पड़ी थी। देखकर ही लग रहा था कि यह कई मामलों में विशिष्ट है। इसकी बनावट में तिब्बती व लद्दाख की कला का प्रतिबिम्ब दिखाई पड़ता है। लद्दाख में कई छोटी-बड़ी मस्जिदें हैं। यहाँ का बौद्ध धर्म इस्लाम के प्रति उदार रहा है। स्थानीय परम्पराएँ लद्दाख के नुबरा क्षेत्र में सर्वप्रथम इस्लाम के आगमन को प्रमाणित करती हैं। इस्लाम धर्म को मानने वाले सन्तों का आगमन, कश्मीर व बल्तिस्तान के सुल्तानों का आक्रमण और मुस्लिम व्यापारियों का आना-जाना इस क्षेत्र में इस्लाम के प्रचार-प्रसार का कारण बनें। ऐसा प्रतीत होता है कि सुन्नी मुस्लिम कश्मीर तथा शिया मुस्लिम बल्तिस्तान से आकर यहाँ बसे। लद्दाख और बल्तिस्तान के बीच सिन्धु नदी एक सम्पर्क सूत्र का काम करती आई है। शायद इसीलिए शिया मुस्लिम अधिक संख्या में यहाँ आए। और मुस्लिमों में बहुसंख्यक बने। लेह मस्जिद का निर्माण 1666-67 में औरंगजेब और लद्दाखी राजा दलदन नामग्याल की संधि के तहत हुआ। यह लद्दाख की सबसे बड़ी मस्जिद, लेह महल के नजदीक है। यहाँ आकर एक महत्त्वपूर्ण व ऐतिहासिक राजनीतिक घटनाक्रम का

पता चला। बल्तिस्तान के शासक अलीमीर और लद्दाख के राजा नामग्याल के बीच युद्ध में नामग्याल की हार हुई। अलीमीर नामग्याल को बन्दी बनाकर अपने साथ ले गए। एक रात आए सपने से प्रभावित होकर अपनी बेटी 'राजकुमारी' से निकाह करने का प्रस्ताव नामग्याल के सामने रखा, जिसे लद्दाख के राजा ने स्वीकार किया। नामग्याल अपनी महारानी के साथ लद्दाख लौटे थे। नामग्याल के बेटे ने अपनी माँ के लिए यहाँ मस्जिद बनाई थी। इस दौरान लद्दाख में इस्लाम का विस्तार हुआ। विश्व इतिहास में शासन व्यवस्था की राजनीति में धर्म के इस रूप की कई कहानियाँ मिल जाएँगी। जिसने फिर आनेवाली पीढ़ी और राष्ट्र के स्वरूप को बदल डाला। राज्यों के विस्तार और राजवंश को मजबूत करने में इनकी अहम भूमिका रही है।

सुबह, बाजार में चहल-पहल कम थी। इक्का-दुक्का लद्दाखी महिलाएँ-पुरुष व बच्चे इधर-उधर आते-जाते दिख जाते। दुकानें अभी पूरी तरह खुली नहीं थीं। अन्य भारतीय पर्यटक शहरों की तुलना में लेह अधिक साफ-सुथरा दिख रहा था। लद्दाखी आमजन का वस्त्र पश्चिमी वेशभूषा से प्रभावित है। जींस-जैकेट आम है। शायद यह ठंड में सर्वाधिक उपयुक्त है। यहाँ स्त्रियों के लिए आभूषणों की कई दुकानें हैं। पर्यटक अपने परिवार के सदस्यों के लिए यहाँ से फैशन के (नकली) जेवरात खरीदते हैं। इनमें कुछ चाँदी के भी बने होते हैं। इनमें कश्मीर और लद्दाख की अपनी विशेषता है। कश्मीरी शाल-दुशालों की भी दुकानें नजर आ रही थीं। मगर, यादगार के लिए, सबसे उपयुक्त, छोटे-छोटे प्रार्थना पहिया हैं, जो विशिष्ट होने के साथ-साथ घर की शोभा बढ़ाएँगे। ये परिवार में शान्ति ला सकते हैं। सबसे बड़ी बात, यहाँ दुकानों में आसानी से उपलब्ध हैं।

खरदुंगला

दुनिया की सबसे ऊँचाई पर स्थित खरदुंगला (खारदोंग ला) 18380 फीट (पास-दर्रा) को पार करने को लेकर मैं उत्साहित हूँ। आज मैंने चेहरे पर अतिरिक्त कोल्ड क्रीम लगाई है। पिछले दिनों में चेहरे पर शुष्कता बढ़ गई है। हमेशा की तरह आज भी रंगीन चश्मा साथ है। पानी तो मैं सदा साथ रखता हूँ। कुछ खट्टी-मीठी टॉफी भी रख ली है। ऐसे ही मुँह में डाल लो तो मीठा अर्थात तुरन्त ऊर्जा के साथ थोड़ा स्वाद और मन भी बदल जाता है।

हम नुबरा घाटी के लिए निकल पड़े थे। रास्ते में एक महत्त्वपूर्ण मठ त्सेमो गोम्पा पड़ेगा, उसके आगे खरदुंगला है। इसके पहले कि सूरज की तेज किरण किसी से टकराकर आँखों तक पहुँचे मैंने चश्मा लगा लिया था। बर्फीले स्थान और रेगिस्तान में ऐसा करना उचित भी है। बाहर आसमान साफ था। कुछ ही देर में हम शहर से दूर और फिर निर्जन क्षेत्र में थे। मुख्य रास्ते से थोड़ा हटकर त्सेमो मठ था। यह 1430 का

बना है। यहाँ मैत्रीय बुद्धा, अवलोकेश्वर और मंजुश्री की मूर्तियाँ हैं। इस वीराने में मठ! वो भी आज के युग में! मुझे आश्चर्य में डालता है। हर बार की तरह मैं सिर्फ इसी कल्पना में जाकर अटक जाता हूँ कि आज से सैकड़ों वर्ष पूर्व, यहाँ क्या दृश्य बनता होगा?

आगे बढ़े तो पहाड़ों की चढ़ाई शुरू हो गई थी। रास्ते सँकरे और घाटी की गहराई देखने पर अभी डर तो नहीं लग रहा था लेकिन पहाड़ों की चोटी पर नजर डालने पर ऊपर चढ़ने के रास्तों का कटाव देखकर फुरफुरी आ रही थी। गाड़ी चला रहे दोस्त से हर बार सवाल करता कि क्या हम वहाँ तक चढ़ेंगे? ठीक भी तो है, खरदुंगला लगभग 5589 मीटर की ऊँचाई पर है। वहाँ तक पहुँचने के लिए, लगातार चढ़ाई चढ़ना स्वाभाविक है। मैं इस बात को लेकर भी उत्साहित था कि वहाँ से कारकोरम की चोटियाँ नजर आएँगी और आगे नुबरा वादी है जहाँ विश्व का सबसे ऊँचा बर्फीला मैदान सियाचिन स्थित है। भारतीय सेना के लिए अति महत्त्वपूर्ण और संवेदनशील भी। नुबरा वादी में चीन और पाकिस्तान से लड़ाइयाँ लड़ी गईं। आगे इसी क्षेत्र के अन्त में तुरतुक सेक्टर (गाँव) को पाकिस्तान से वापस लिया गया। कह सकते हैं कि युद्ध के द्वारा चंगुल से छुड़ाया गया।

हम लगातार आगे बढ़ते हुए ऊपर चढ़ रहे थे। रास्ते में कभी-कभी सेना के ट्रक मिल जाते। धीरे-धीरे बर्फ की मात्रा चारों ओर बढ़ती जा रही थी। एक स्थान पर सेना का कैम्प मिला। यहाँ यात्रियों को, ऊँचाई से होने वाली शारीरिक परेशानियाँ होने पर

मदद दी जाती है। यहाँ जवानों को, ऊपर चोटियों पर भेजने से पहले प्रशिक्षण दिया जाता है। उन्हें इन कैम्पों में शारीरिक रूप से कम ऑक्सीजन के लिए तैयार किया जाता है। रास्ते-भर वातावरण एकदम शान्त था। चढ़ाई पर चढ़ते-चढ़ते आसपास का दृश्य मनोरम होता गया। बर्फ की चोटी पर हम पहुँचने वाले थे। चारों तरफ जमी हुई बर्फ की चादर मोटी प्रतीत हो रही थी। दृश्य इतना अद्‌भुत कि हर जगह रुककर प्रकृति को जी-भर देखने का मन करता। भाव और विचार घाटियों में घूम रहे थे। चोटी से धरा को देखने का रोमांच मैं भरपूर लेना चाहता था। मस्तिष्क-पटल पर सदा के लिए अंकित कर लेना चाहता था। एक स्थान पर मन किया कि कहूँ—हे वादियो! मुझे अपने आगोश में ले लो।

एक स्थान पर ड्राइवर दोस्त ने गाड़ी रोकी तो चौड़ी सड़क के दोनों तरफ एक-दो कमरों का छोटा-सा निर्माण दिखाई दिया था। यही खरदुंगला है, उसने गाड़ी से उतरते हुए कहा तो मैंने चारों ओर नजर दौड़ाई थी। दो गाड़ियाँ सामने किनारे खड़ी थीं। उसमें बैठकर आए पर्यटक सड़क किनारे लगे सूचना-पटल के साथ फोटो खिंचवा रहे थे। एक बड़े से पत्थर पर खरदुंगला लिखा था। किनारे लगे एक साइन बोर्ड पर लिखा था 'आप दुनिया की सबसे ऊँची मोटर रोड पर खड़े हैं। ऊँचाई 18380'। उसी के पास बौद्ध धर्म की रंग-बिरंगी झंडियाँ-पताकाएँ खम्भों के बीच रस्सी के साथ बँधी हुई थीं। उनके फड़फड़ाने से हवा की गति का अहसास होता। मैं आराम से सँभलकर उतरा तो शरीर में हल्कापन महसूस हुआ था। धीरे-धीरे कदमों से सड़क के किनारे पर पहुँचा था। सामने दूर-दूर तक घाटी फैली हुई थी। यह कुदरत का वैभव है। लगा कि मैं पृथ्वी के सबसे ऊँचे मंच पर खड़ा हूँ। मन किया कि यहीं बस जाऊँ। इन घाटियों में सुबह-शाम तैरता रहूँ। प्रकृति के श्रृंगार को देखूँ। उसके आभूषण बेशकीमती हैं। ड्राइवर दोस्त ने आवाज लगाई तो ख्वाब टूटे थे। पीछे मुड़कर उस साइन बोर्ड की ओर बढ़ा था। वहाँ फोटो खिंचवाने का मोह नहीं छोड़ पाया। वरना तो मैं अमूमन प्रकृति को आँखों में बसाना चाहता हूँ। मैंने आसपास फिर नजर दौड़ाई। वहाँ स्थायी रूप से शायद ही कोई रहता हो। एक जगह नजर गई तो लिखा था—'यहाँ अधिक देर तक ठहरना उचित नहीं'।

और हम कुछ ही मिनट बाद गाड़ी में बैठकर आगे के लिए निकल पड़े थे। यकीन ही नहीं हो रहा था कि मैं दुनिया के सबसे ऊँचे मार्ग को, गाड़ी में बैठकर पार करके आ रहा हूँ। आगे बढ़ने पर फिर ढलान शुरू हो गई थी।

नुबरा

लद्‌दाख की धरती पर श्योक दूसरी बड़ी नदी है। इसकी उत्पत्ति चंगथंग के खुमदान पहाड़ों से होती है तथा क्षेत्र के गाँव श्योक होती हुई नुबरा वादी की ओर बहती है। सियाचिन दर्रे से नुबरा नदी का स्रोत है। ये अपनी नुबरा घाटी का निर्माण, अपनी

सहयोगी नदियों के साथ करते हुए, आगे जाकर श्योक नदी में समा जाती है, जो पाकिस्तान की ओर बहती चली जाती है।

कुछ दूर जाकर ही नदी मिली थी। यह श्योक नदी पीछे से बर्फीले खुमदान से आ रही है। नुबरा, लेह की तरह खुली वादी है। यहाँ छोटे व बड़े सभी गाँव, दो नदियों—श्योक व नुबरा के किनारे बसे हैं। उत्तर में सिचाचिन की पहाड़ियों व काराकोरम के दर्रों से निकलने वाली नदी, दिस्कित गाँव के पास श्योक नदी में विलीन होने तक, नुबरा नदी कहलाती है। आगे यही श्योक पाकिस्तान के क्षेत्र में लद्दाख से पहुँची सिन्धु नदी में विलीन होकर, अन्त में अरब सागर में जा मिलती है। दिस्कित गाँव के पास के संगम पर अत्यन्त खूबसूरत नजारा है। और उसके दाईं तरफ, नुबरा नदी के साथ-साथ चलने पर आगे दो प्रमुख गाँव मिले थे। पहले सुमुर फिर पनामिक। पनामिक में गर्म चश्मे हैं। यह प्रकृति का आश्चर्य है। भीषण ठंड में भी उबलता पानी। कहते हैं यह स्वास्थ्य के लिए अति उत्तम है। इस पानी में सल्फर है। रास्ते में लद्दाखी याक दिखाई दिए थे। यह बर्फ का विशेषज्ञ है। इस पर आँख मूँदकर विश्वास किया जा सकता है। पोली बर्फ और फिसलते पत्थरों पर पैर नहीं रखता।

सुमुर में सम्सतेम लिंग गोम्पा है जो गेलुगपा सम्प्रदाय का विशाल व मनमोहक मठ है। समतल भूमि पर बाग-बगीचों के बीच स्थानीय भवन निर्माण की विशिष्ट पद्धति के कारण, यह अनूठा लग रहा था। यहाँ शाक्यमुनि, मैत्रीय और महाकाल के

चित्र और मूर्तियाँ हैं। यह नुबरा घाटी का एक पवित्र और महत्त्वपूर्ण गोम्पा माना जाता है। कहते हैं इसके संस्थापक लामा, पहले गृहस्थ थे। बाद में गृह त्यागकर लामा बनना स्वीकार किया।

दिस्कित में श्योक नदी पूरब से पश्चिम की ओर बहती है। इस पर दिस्कित में सबसे पुराना और आकर्षक गोम्पा है। पास ही हरा-भरा गाँव है। यहाँ बुद्ध मैत्रीय की एक बड़ी मूर्ति है। इस गोम्पा की स्थापना चौदहवीं शताब्दी में हुई थी। तब से आगे का, नुबरा घाटी का इतिहास इसके माध्यम से जाना और समझा जा सकता है। इसने यहाँ के तमाम राजनीतिक व सामाजिक घटनाक्रम में निर्णायक भूमिका अदा की है। इसी के आगे सड़क तकशी-थंग तक जाती है। यहाँ तुरतुक के दो अन्तिम गाँव हैं। यहाँ का नृत्य बड़ा जगप्रसिद्ध है। दिस्कित से कुछ ही दूरी पर आगे हुँदर गाँव है। इसे नुबरा घाटी के ठंडे रेगिस्तान की मरुभूमि कहा जा सकता है। दो कूबड़ वाले ऊँट यहाँ का मुख्य आकर्षण हैं। ये प्राचीन काल में व्यापार के उपयोग में लाए जानेवाले प्रमुख साधन थे। जब लद्दाख व्यापार मार्ग का प्रमुख पड़ाव था।

शाम ढलने लगी थी और मैं नुबरा का सौन्दर्य आँखों में समेटे वापस लेह की ओर चल पड़ा था।

सातवाँ दिन

पूर्वी लद्दाख (चंग थंग) और पेंग्यॉग

आज सुबह जल्दी उठकर तैयार हो गया था। नाश्ता आगे एक मठ में करने की योजना बनाई थी। ड्राइवर दोस्त का सुझाव था। इस तरह अधिक से अधिक देख भी लूँगा। जींस-जैकेट की जगह आज गर्म ट्रैक सूट पहना था। यह आरामदायक होता है। आज, स्वर्गयात्रा का अन्तिम मगर महत्त्वपूर्ण दिन था। पहले, लेह के नजदीक, आसपास कह सकते हैं, के महत्त्वपूर्ण पर्यटन स्थल को देखने जाना था। होटल से बाहर निकला तो दोस्त गाड़ी के शीशे साफ कर रहा था। देखते ही तुरन्त दरवाजा खोलकर खड़ा हो गया। मैंने अपनी मुस्कुराहट से उसका अभिवादन किया। और हम कुछ ही देर में होटल प्रांगण से बाहर थे।

'ये मनाली जानेवाला रास्ता है। हम पहले सिन्धु घाट दर्शन करते हुए स्टोक पैलेस जाएँगे। फिर आगे थिक्से मोनेस्टरी से हेमिस होते हुए अन्त में पेंग्यॉग लेक।'

'ठीक दोस्त...थोड़ा बताते चलना।' और उसने हामी भरी थी।

रास्ता साफ-सुथरा, चौड़ा, ट्रैफिक कम था। दोनों ओर सफेदे के पेड़ थे। कुल मिलाकर अच्छा दृश्य था। पूछने पर पता चला कि यह राजपथ है। शहर का महत्त्वपूर्ण मार्ग।

सिन्धु घाट दर्शन

रास्ते में कई छोटे-बड़े स्तूप (अति प्राचीन) दिखाई दिए थे। कुछ ही दूरी पर, एक खुली जगह पर बने नए निर्माण के सामने गाड़ी रोकी गई थी। यह किसी स्टेडियम के गेट पर बनी बिल्डिंग के समान था। चारों ओर भवन-निर्माण का सामान बिखरा पड़ा था। अर्थात यहाँ काम अभी जारी है। बड़े से गेट के अन्दर प्रवेश किया तो दूसरी ओर, किसी स्टेडियम की दर्शकदीर्घा की तरह सीढ़ीनुमा बैठने की व्यवस्था, दोनों तरफ दिखाई दी थी। सामने चार खम्भों पर टिका हुआ, कलात्मक छतरीनुमा, चारों तरफ से खुला मंडप, पक्के सीमेंट का निर्माण दिखाई पड़ रहा था। इनकी संख्या चार थी। सामने बह रही नदी के किनारे-किनारे ये बनाए गए थे। ये सब ईंट के रंग के थे। दूर से देखकर ऐसा लगता कि मानो कोई प्राचीन काल का दृश्य हो। जबकि निर्माण नया था। इन छतरियों के नीचे पहुँचकर देखा कि नजदीक से नदी बह रही है। छिछली नदी में से पत्थर-कंकड़ स्पष्ट दिखाई दे रहे थे। पानी का प्रवाह ठीक-ठीक था। यह

पवित्र सिन्धु है। इसे पूजने की विशिष्ट व्यवस्था के लिए, घाटनुमा पर्यटन केन्द्र का निर्माण कार्य, अभी हाल ही के वर्षों में कराया गया था। हिन्दू जीवन-दर्शन से प्रभावित भारतीय जनता पार्टी के शासनकाल में, तत्कालीन भारत के प्रधानमन्त्री अटल बिहारी वाजपेयी ने इसका शिलान्यास किया था। उन्हीं की सरकार के गृहमन्त्री अडवाणी ने इसका फिर उद्घाटन किया था। वहाँ, दोनों कार्यक्रमों के यादगार पत्थर बड़े कलात्मक ढंग से लगाए गए हैं। जो यहाँ के अन्य निर्माण से मेल खाते, परिणामस्वरूप घाट के सौन्दर्य को बढ़ा रहे हैं। वरना नामों से पोते-खोदे गए पत्थर कई स्थानों की खूबसूरती में एक दाग के समान लगते हैं।

मानसरोवर के पास से निकली यह महान नदी पश्चिमी तिब्बत से लद्दाख फिर गिलगित और बल्तिस्तान होते हुए पूरे पाकिस्तान को आर-पार करते हुए अरब सागर में जा मिलती है। यह पाकिस्तान की प्रमुख नदी है और दरिया-ए-सिन्ध कहलाती है। यह वही नदी है जिसके सन्दर्भ में एलेक्जेंडर-सिकन्दर के कई घटनाक्रम इतिहास बने। उन पर कहानियाँ लिखी गईं। इंडिया या हिन्दू शब्द की उत्पत्ति इसी नदी के नाम से हुई है। अर्थात यह हमारे राष्ट्र और राष्ट्रीयता की पहचान है। यह वही सिन्धु है जिसका वर्णन ऋग्वेद में आता है। सिन्धु नदी को बौद्ध व हिन्दू धर्म के अनुयायी पवित्र मानते हैं तथा मानव के दाह-संस्कार के उपरान्त राख को नदी में बहा देते हैं। यह वही नदी है जिसमें पापों की शुद्धि के लिए स्नान किया जाता है। लद्दाखी विश्वास के अनुसार सिन्धु नदी सिंहमुख से निकली है। तभी इसे 'सिंगे छू' भी कहते हैं। यहाँ इसे अदृश्य शक्ति के रूप में भी पूजा जाता है। पाकिस्तान के सिन्ध प्रान्त में श्री झूलेलाल नाम के देवता सिन्धु नदी के किनारे निवास करते हैं। जिसे सिन्धी लोग अपना ईष्ट देवता मानते हैं।

सिन्धु नदी आदिकाल से ऐतिहासिक तथ्यों में आश्चर्य और किंवदन्तियों का केन्द्र रही है। सिन्धु घाटी की सभ्यता से कोई भी अनजान नहीं। हड़प्पा और मोहनजोदड़ो, पाँच हजार वर्ष पूर्व की सभ्यता, इसी नदी के किनारे विकसित हुईं। सिन्धु नदी, श्रीनगर कारगिल से आ रहे यात्रियों के साथ खलसी से लेह तक ही नहीं चलती बल्कि आगे मनाली जा रहे पर्यटकों के साथ भी बहुत दूर तक जाती है।

इस जगह के गाँव का नाम 'शे' है। एक स्थानीय व्यक्ति से ड्राइवर दोस्त ने मुलाकात करा दी तो बातचीत में पता चला कि यहाँ हर साल गर्मियों में सिन्धु दर्शन नाम से एक मेला लगता है। उस दौरान सिन्धु में नहाना पवित्र माना जाता है। इसी कारण इस घाट का निर्माण कराया गया। इस दौरान सिन्धी लोग बड़ी संख्या में यहाँ आते हैं। खासकर गुजरात से। और यहाँ आकर डुबकी लगाते हैं। कारण स्पष्ट है, पाकिस्तान के सिन्ध प्रान्त में सिन्धु के किनारे इनके ईष्ट देवता श्री झूलेलाल जो निवास करते हैं। ऐसा भी मानना है कि लद्दाखी भाषा का नमस्कार 'जूले-जूले' का सम्बन्ध सिन्धियों के देवता झूलेलाल से भी है।

मैं वहाँ कुछ देर के लिए रुका था। हवा में ताजगी। दृश्य मनोरम। चारों ओर प्रकृति। दूर किनारे पहाड़ नजर आते। मैंने पानी में पैर डाला तो वो ठंडा था। बड़ी शान्ति मिली तो वहीं बैठने का मन किया था। अचानक मुझे अपने पूर्वज याद आए थे। सिन्धु घाटी की सभ्यता दुनिया की प्राचीनतम सभ्यताओं में से एक है। मुझे किसी से कुछ भी पूछने-पढ़ने की आवश्यकता नहीं थी। सिन्धु को ही अंग्रेजी में इंडस कहते हैं, फिर इंडिया नाम पड़ा होगा। जबकि सिन्धु से हिन्दू और हिन्दुस्तान की उत्पत्ति हुई। अर्थात मैं अपने पूर्वजों के काल में, नंगे पाँव, नदी के कल-कल बहते पानी के साथ बहा जा रहा हूँ। यही तो वो प्रकृति की देन है जो मेरे पूर्वजों को मुझसे जोड़ती है और मेरी पहचान को बनाए हुए है। मैंने नदी के पानी को हथेलियों में लेकर उसे ग्रहण किया। मुझे नई ऊर्जा प्राप्त हुई थी।

प्रकृति के खेल बड़े निराले हैं। हिमालय अपने नदी-झरनों के माध्यम से, आधे से अधिक एशिया को पानी देता है मगर लेह-लद्दाख में खुद प्यासा रह जाता है। ऐसा प्रतीत होता है कि यह उसका स्वयं का चुनाव है। प्रकृति यहाँ सूखा रहना चाहती है। ऊपर से उसे किसी बात का कष्ट नहीं, दुख-दर्द और परेशानी भी नहीं। सूखे में भी सुखी। और शान्ति। तभी तो वह लद्दाख में स्वयं को मनमोहक व आकर्षक मुद्राओं और अनूठे अन्दाज में प्रस्तुत करती है।

सामने सूर्य ऊपर आ रहा था। पीला सूरज, पीली धूप, पीली रेत, पीली चट्टानें। सब कुछ यहाँ पीला है। पीताम्बर। वहाँ से निकले तो अब हम स्टोक महल की ओर जा रहे थे।

स्टोक महल

यह लेह से लगभग 17 किलोमीटर दूर स्थित है। यह बाहर से काफी नया महसूस हो रहा था। सीधी ऊँची दीवार। जिस पर दसियों खिड़कियाँ, झरोखा-सी लटकी हुई, सभी कलात्मक। महल छोटा है मगर दूर से ही दिखाई दे गया था। रास्ते में विशेष स्तूप भी नजर आए थे। पहले से पता था कि इसमें लेह राजवंश की अगली पीढ़ी आज भी रह रही है। रास्ते में एक सज्जन गुजरे तो मेरे ड्राइवर दोस्त ने धीरे से आकर कान में कहा था—यही आजकल का राजा है। महल में अन्दर जाने की टिकट खरीदनी पड़ी थी। रख-रखाव व व्यवस्थित बनाए रखने के लिए यह आवश्यक भी है और फिर राजा के परिवार का खर्च भी इसी से चलता होगा। यही कारण भी है कि महल साफ-सुथरा लग रहा था। उसी दौरान किसी एक कमरे का सामान बाहर निकालकर सफाई भी हो रही थी। एक लद्दाखी महिला काम करनेवालों को निर्देश दे रही थी। पता चला कि यही रानी है। बताया नहीं जाता तो राजा और रानी को पहचानना नामुमकिन था। विकास के आधुनिक काल ने, एक काम तो किया ही है कि बड़े-छोटे का भेद कम कर दिया। कम-से-कम देखने-दिखाने में। राजा और रंक एक समान कपड़े पहनते हैं। हाँ, वर्तमान रईस के वस्त्र महँगे हो सकते हैं मगर वो दूर से काफी हद तक एक जैसे ही दिखते हैं।

महल के विभिन्न हिस्सों को पर्यटकों के लिए खुला रखा गया है। एक भाग में राज परिवार रहता है। दरवाजे और कमरे पुते हुए, पुरानी चीजें व्यवस्थित ढंग से रखी हुई हैं। महल को देखने में अधिक समय नहीं लगा था। देश के अन्य राजे-रजवाड़ों की तुलना में यहाँ कुछ भी नहीं। कह सकते हैं कि इस क्षेत्र के राजा का जीवन भी उतना भव्य और आरामदायक नहीं होता होगा। जरूरत का ही सामान दिखा। यहाँ तक कि शस्त्र-अस्त्र भी कम ही हैं। सच भी है, यहाँ युद्ध कम ही हुए हैं। हुए भी तो भीषण नहीं थे। हाँ, पूजाघर विशिष्ट है। मठ की तरह दिखने वाला एक भाग है जहाँ धर्म की चर्चा और शिक्षा दी जाती होगी। सबसे विशिष्ट रसोईघर है। जिसे देखकर उन दिनों की कल्पना बेहतर ढंग से की जा सकती है। उपयोग में लाए जानेवाले बर्तनों को व्यवस्थित रखा गया है। चूल्हा विशिष्ट लग रहा है जिसमें लकड़ी डालने और धुआँ निकलने का विशेष प्रबन्ध है। बताया गया कि इसी कक्ष में भोजन भी किया जाता था। तभी बैठकर खाने की व्यवस्था भी वहीं है। महल को देखकर अन्त में सही शब्दों में कहें तो यहाँ का जीवन अन्य राजाओं की तरह राजसी नहीं लगा। हाँ, यहाँ के स्थानीय समकालीन आमजन के लिए यह तुलनात्मक रूप में अति विशिष्ट हो सकता है। टिकट बेचने वाले कर्मचारी से यूँ ही बात करने पर पता चला कि अधिकांश पर्यटक यहाँ आते हैं और सीजन में अच्छी भीड़ हो जाती है।

जब डोगरा शासक ने लद्दाख पर आक्रमण किया तब राजा का प्रमुख निवास लेह महल छिन्न-भिन्न हो गया था। उसके बाद से राजा का परिवार इस किले में आकर रहने लगा। यह उन्नीसवीं सदी की बात है।

राजनीति और सत्ता के इतिहास से निकलकर हम एक बार फिर एक महत्त्वपूर्ण मठ की ओर बढ़ रहे थे। लद्दाख की यह विशेषता है, यहाँ सत्ता से अधिक धर्म का स्वर्णिम इतिहास है। कह सकते हैं इस क्षेत्र में धर्म की सत्ता है। यहाँ राजा-महाराजा की जगह धर्मगुरु महानायक होते हैं।

थिक्से गोम्पा

यह लेह से लगभग 20 किलोमीटर दूर है और पोटाला-पैलेस ल्हासा की तरह दिखाई देता है। तिब्बत में चौदहवें दलाईलामा का, भारत में 1959 में शरण लेने से पूर्व, आधिकारिक निवास स्थान था। ठिकसे (थिक्से) की यही सबसे बड़ी विशेषता और आकर्षण है। यह मध्य लद्दाख का सबसे बड़ा मठ है। दूसरी बड़ी विशेषता यहाँ महिला व पुरुष लामा दोनों निवास करते हैं। दोनों के लिए यहाँ अलग व्यवस्था और भिन्न बिल्डिंगें बनाई गई हैं। दूर से यह अत्यन्त मनमोहक दृश्य प्रस्तुत करता है। इसे पूरा देखने के लिए बहुत अधिक चलना और चढ़ना पड़ता है। यह साफ-सुथरा है और रास्ते में कई आकार के अनेक प्रार्थना पहिए लगे हैं। एक बड़े प्रार्थना पहिया के साथ ही बैठने की व्यवस्था भी है। जहाँ चढ़ाई से होने वाली थकावट से कुछ देर ठहरकर सुस्ताया भी जा सकता है।

इस विशाल गोम्पा का सबसे बड़ा आकर्षण है, यहाँ स्थित मैत्रेयी बुद्ध (फ्यूचर बुद्धा) की दो मंजिला मूर्ति। जिसे दलाई लामा चौदहवें के आगमन (1970) की खुशी में बनाया गया था। यह 15 मीटर (49 फीट) ऊँची है। दो मंजिल की ऊँचाई लेती लद्दाख की सबसे बड़ी व ऊँची प्रतिमा। यहाँ बुद्ध विशेष रूप से कमल पर बैठे हैं वरना अमूमन खड़े दिखाए जाते हैं। यहाँ मुझे कई पर्यटक परिवार व समूह दिखाई दिए, जो बड़ी तसल्ली से दर्शन करते हुए फोटो और फिल्म बना रहे थे। मेरे दोस्त ड्राइवर ने पूरी तरह जमीन पर लेटकर कई बार प्रणाम किया तो मैंने भी नमन किया था, सिर झुकाकर, घुटनों के बल बैठकर।

यह मठ मुझे किसी भी तरह से पन्द्रहवीं शताब्दी का नजर नहीं आ रहा था। बात में पता चला कि इसका पुनर्निर्माण किया गया है। यही कारण है कि इसमें आधुनिकता का पुट है। अन्य मठों की तरह प्राचीन नजर नहीं आता।

दोपहर का आगमन होने वाला था। नाश्ते की भूख लग आई थी। थिक्से के ठीक नीचे एक अच्छा लद्दाखी रेस्टोरेंट दिख रहा था। ड्राइवर दोस्त ने यहीं नाश्ता करने की योजना बनाई थी। वहीं एक लामा से मुलाकात हुई तो चर्चा में कई मूल बातें सामने आई थीं। वो ज्ञानी था। उसे अच्छी जानकारी थी। मैंने जूले-जूले कहकर अभिवादन किया तो वो हाथ जोड़कर मुस्कुराया था।

'प्राचीन काल में लद्दाख का बौद्ध धर्म तिब्बत द्वारा निर्देशित होता था। अर्थात यहाँ का धर्म वहाँ का प्रतिबिम्ब था। हमारे सभी वरिष्ठ लामा वहाँ के विभिन्न मठों में शिक्षा ग्रहण करने जाते रहे हैं। मगर आजादी के बाद विशेषकर दलाई लामा के तिब्बत छोड़ने के बाद सब कुछ बदल गया।'

'अर्थात आप भी अब, हर मामले में, स्व-नियन्त्रित हो गए हैं।'

मैंने उसकी आँखों में उभरी पीड़ा को पढ़कर उसे नया मोड़ देने की सोची थी। मगर उसने जवाब नहीं दिया था। तिब्बत के ल्हासा का प्रभाव सिर्फ इस मठ में ही नहीं लामाओं के विचारों में भी मैं देख-सुन रहा था।

'यह गोम्पा किस सम्प्रदाय से सम्बन्धित है और यहाँ कब वार्षिक उत्सव मनाया जाता है?' मैंने गम्भीर मुद्दों से हटकर कुछ और सामान्य जानकारी लेनी चाही थी। जो सत्य दुख दे उसे छेड़ने से क्या फायदा?

'यह गेलुकपा (गेलुगपा) सम्प्रदाय का गोम्पा है। यहाँ 11वें महीने के 18वें और 19वें (तिब्बत कैलेंडर का नौवाँ महीना) दिन उत्सव मनाया जाता है।'

'इस त्योहार के बारे में कुछ बताएँगे।'

'हाँ क्यों नहीं। लद्दाख के लगभग सभी गोम्पाओं में तान्त्रिक नाच का आयोजन किया जाता है। इन्हें हम गोम्पा-तुसछोद अर्थात गोम्पा के त्योहार के रूप में मनाते हैं। इन मौकों पर मठ के लामागण विभिन्न ईष्ट देवी-देवताओं के नकाब धारण कर संगीत के लय पर नृत्य करते हैं। संगीत की ध्वनि बड़ी सुरीली और वादक लामा ही

होते हैं। तिब्बत-लद्दाख में महायान सम्प्रदाय के अनुयायी हैं। समय के साथ इसमें चार सम्प्रदायों का उद्भव हुआ। ये चार प्रधान सम्प्रदाय हैं— जिङमापा, काग्युदपा, साक्यपा और गेलुकपा। हाँ, इन त्योहारों के अवसर पर कुछ गोम्पाओं में देवतुल्य लामा प्रकट होते हैं जो अपने अनुयायियों को आशीर्वाद देने के साथ-साथ उनके प्रश्नों के उत्तर देकर उन्हें सन्तुष्ट करते हैं। मार्गदर्शन करते हैं।'

'और?' मैंने उसके उत्साह को बढ़ाकर और अधिक जानकारी और समझ लेनी चाही थी।

'गोम्पाओं में दो दिन का त्योहार होता है। एक दिन पहले पूर्व प्रयोग का दिन होता है। जिस दिन बिना नकाब पहनकर लामा अपने नृत्य का अभ्यास करते हैं। असल त्योहार का पहला दिन 'सेरकेम' अर्थात अर्पण के दिन के रूप में मनाया जाता है। इस दिन ईष्ट देवी-देवताओं को संकेतिक अर्पण चढ़ाकर पूरा दिन नृत्य चलता है। अन्तिम दिन को 'स्तोरमा' का दिन कहा जाता है। पूरे दिन लामा अपने इष्ट देवताओं का नकाब धारण कर अपने अनुयायियों के सामने नृत्य करते हैं। पूरे दिन पूजा-पाठ एवं शान्ति-भाइचारे का सन्देश। अन्त में देश व धर्म के प्रतिपक्षी के पुतले को, एक विशेष स्थान पर ले जाकर नृत्य सहित आग में भस्म कर देते हैं। यहाँ के त्योहार को 'ठिकसे गुस्तोर' कहते हैं।'

मैं उसकी बातों को ध्यान से सुन रहा था। और अपनी आँखों से इस बात का अहसास भी करा रहा था।

'हाँ, इस गोम्पा को भी डोगरों के आक्रमण के दौरान बहुत हानि हुई थी।'

'अच्छा!'

वह कुछ देर के लिए रुका और फिर आगे बोलता गया,

'...यह गोम्पा महिला लामा के लिए बहुत महत्त्वपूर्ण है। यहाँ अन्य मठ की तुलना में इन्हें बेहतर सुविधा और अधिकार व महत्ता दी गई, जिससे यह अन्तर्राष्ट्रीय स्तर पर चर्चा में आया। अब महिला लामा की भूमिका भी अधिक हो गई है। अब ये पारम्परिक नाम की जगह चो-मोस कहलाती हैं। जिसका अर्थ है, 'महिला धर्म भिक्षु'।'

तभी गर्म-गर्म खाना परोसा गया था। एक बड़े से कटोरे में लपसी जैसा कुछ था। सब्जियाँ व आटे के छोटे-बड़े गोले, किसी गाढ़ी तरल तरी में थे। यह भिन्न स्वाद का था। और हाजमे के लिए हल्का। यह यकीनन पौष्टिक आहार है। हमने आखिरी में चाय पी थी। अन्त में लामा को शुक्रिया कहकर, ड्राइवर दोस्त के साथ मैं अगले पड़ाव के लिए निकल पड़ा था।

हेमिस मठ

हम कुछ ही देर बाद मुख्य सड़क से एक छोटे रास्ते पर मुड़ चुके थे। चारों ओर मैदान और उसके किनारे पर दूर सामने पहाड़ दिखाई दे रहे थे। थोड़ी दूर, छोटी-सी पहाड़ी पर एक मठ दिखाई पड़ा था। हेमिस मठ लेह से करीब 43 किलोमीटर दूर है।

‘ये काफी पुराना और इम्पोर्टेंट है।’

मैं ड्राइवर दोस्त की हिंग्लिश को समझ सकता था, और शुद्ध हिन्दी की अपेक्षा भी नहीं कर रहा था। उसने गाड़ी, मुख्य दरवाजे के सामने, थोड़ा नीचे, नियत स्थान पर खड़ी की थी। हम दोनों उतरकर हेमिस गोम्पा के मुख्य द्वार पर पहुँचे थे। देखकर ही लग रहा था कि यह प्राचीन है। दरवाजे पर खड़े लामा से दोस्त ने अपनी भाषा में बात की तो लामा हमारे पीछे-पीछे मठ के अन्दर आया था। वहाँ बड़ा खुला प्रांगण है। एक ओर लाइन से छोटे-छोटे प्रार्थना पहिया दीवार पर लगे हुए हैं। एक कोने में, अन्दर कमरे में बहुत बड़ा मगर पुराना प्रार्थना पहिया है। जिसे घुमाने में अच्छी-खासी ताकत लग रही थी।

‘इसके अन्दर मन्त्र होते हैं जो बुरी आत्माओं से हमारी रक्षा करते हैं। इन्हें जितना घुमाया जाए उतना ही अच्छा है। इससे वातावरण शुद्ध और धार्मिक होता है।’ लामा बता रहा था। वह यहीं गोम्पा में रहता है। गोम्पा का अधिकांश भाग लकड़ियों का बना है। छतों पर लकड़ी के साथ विशिष्ट मिट्टी है। लकड़ियों के खम्भे पर दूसरी मंजिल टिकी है। प्रांगण के बीच में ध्वजारोहण करते ऊँचे-ऊँचे स्तम्भ लगे हुए हैं। इनकी संख्या एक से अधिक है। प्रांगण के अन्दर खड़े होकर देखने पर पीछे का ऊँचा पहाड़ अलग से नजर आता है। असल में यह मोनेस्टरी ढलान पर है। वहाँ जम्मू-कश्मीर टूरिज्म का बोर्ड लगा है जिस पर अंग्रेजी में मठ के बारे में विस्तार से लिखा है। इसे देश की अन्य मुख्य भाषा में लिखे जाने की आवश्यकता महसूस हुई। कम-से-कम हिन्दी में तो होना ही चाहिए।

यह लद्दाख के विशालतम मठ में से एक है। यह द्रुकपा या ड्रैगन आर्डर महायान बौद्ध सम्प्रदाय से सम्बन्धित है। जिसके आध्यात्मिक गुरु परम पूज्य ग्यालवंग द्रुकपा हैं। इनके शिष्य ने इस मठ के ऊपर, पहाड़ी पर तपस्या की थी। मठ की स्थापना सत्रहवीं शताब्दी में हुई और इसकी 200 शाखाएँ हैं। यहाँ 1000 लामा रह सकते हैं। यह वही गोम्पा है जहाँ नामग्याल वंश के एक राजा को उसकी विलासिता और बदचलनी के कारण नजरबन्द कर रखा गया था। गोम्पाओं ने आम समाज ही नहीं राजमहल के चरित्र पर भी निगाह रखी।

लामा ने जो जानकारी दी उनमें से कई अति महत्त्वपूर्ण थीं— यह डुकपा (द्रुकपा) सम्प्रदाय का लद्दाख में सबसे महत्त्वपूर्ण तथा धनी गोम्पा है। जिसकी आधारशिला सैंगे नमग्याल के शासकीय संरक्षण में 1630 ई. में, स्तग–छङ–रस–पा द्वारा स्वास्तिक आकृति वाली चट्टान पर रखी गई थी। बाद में यही स्तग–छङ–रस–पा यहाँ के प्रधान लामा बने। यहाँ तत्कालीन राजा व राजकुमार धार्मिक यात्रा पर आते रहते थे। यहाँ के लामा अन्य की अपेक्षा स्वच्छ व बेहतर वेशभूषा पहनते हैं। लद्दाख में एक यही गोम्पा है जो डोगर शासकों के कोपभाजन का शिकार नहीं हुआ। गोम्पा का धार्मिक उत्सव हेमी–छेस्चू, तिब्बती पंचांग के अनुसार पाँचवें महीने के 10वें व 11वें दिन सम्पन्न होता है जो आचार्य पद्मसम्भव को समर्पित है। जिसमें उनके जीवनी और दर्शन को नृत्य के माध्यम से दिखाया जाता है। यहाँ का मुख्य आकर्षण चाँदी का छोरतेन है। जो संस्थापक लामा वंश के तृतीय अवतार कुशोक द्वारा समर्पित है।

सुनकर मैं बहुत देर वहीं बैठकर कल्पना करने लगा था। मुख्य देव घर में जाने के लिए सीढ़ियाँ चढ़कर प्रथम तल पर जाना होता है। मैंने वहाँ जूते–मोजे उतारे थे। यहाँ अन्दर फोटो लेना मना है। भीतर हल्का अँधेरा पसरा हुआ था जो स्थान को अति प्राचीन होने का अहसास दे रहा था। कतार से विभिन्न लामा प्रमुख की मूर्तियाँ और फोटो थे। एक बड़ी मूर्ति के सामने बहुत कुछ चढ़ाया गया था। प्राचीन काल में बुरी आत्माओं से लड़ने और दूर करने की जो चर्चा हम सुनते थे, दृश्य की कल्पना करते थे, वैसा ही कुछ–कुछ आभास यहाँ हो रहा था। लद्दाखी मूल के और अन्य जगहों से आए बौद्ध धर्म के अनुयायी श्रद्धापूर्वक नमन कर रहे थे। पैसे भी चढ़ाए जा रहे थे। सच तो यह है कि हर एक चीज यहाँ बुद्ध परम्परा से सम्बन्धित होने का अहसास दे रही थी। एक अलग प्रकार का वातावरण था। कुछ–कुछ हमारे तान्त्रिक पूजाघरों की तरह। जबकि यन्त्र, तन्त्र, मन्त्र तीनों की उपस्थिति थी। शक्तियाँ, फिर चाहे बुरी हों या अच्छी, उनके साथ मनुष्य का आमना–सामना प्राचीन काल से होता चला आ रहा है। और आज भी जारी है। धर्म के नाम बदल जाते हैं मगर पद्धति और मूल विचार नहीं बदलते। क्योंकि मनुष्य की अनिश्चितता और उससे उत्पन्न होने वाले डर/भय में कोई परिवर्तन नहीं आया। इसलिए आस्थाएँ बरकरार हैं। मगर मैंने अपनी अति

बौद्धिकता को किनारे रखकर सिर झुकाया था। आखिरकार कोई तो है जो हमें नियन्त्रित करता है। उसकी कल्पना अलग-अलग ढंग से व्यक्त होती रही है। जैसे कि यहाँ इसका अपना दृश्य है। अपनी कल्पना है। मैं एक बार फिर बाहर आकर प्रार्थना-पहिया को घुमाकर श्रद्धापूर्वक गोम्पा से बाहर निकला था।

अब मैं अपनी यात्रा के अन्तिम पड़ाव, पेंग्यॉग लेक की ओर बढ़ा था।

चंग थंग-पेंग्यॉग झील

लेह के पूरब के भाग को चंग थंग कहते हैं। इसका अर्थ है उत्तरी पठार। यह इलाका पश्चिम तिब्बत के उत्तर में स्थित है। यहीं है विश्व प्रसिद्ध पेंग्यॉग झील। इसे स्थानीय भाषा में पांगोग त्सो भी कहते हैं। त्सो का अर्थ लद्दाखी में झील से है। पतली-लम्बी झील। जहाँ पहुँचने के लिए एक बार फिर ऊँचे दर्रे से गुजरना था। नाम है चांगला। ऊँचाई है तकरीबन 17000 फीट।

मेरी स्वर्ग यात्रा का आखिरी लोक। एक और अति सुन्दर क्षेत्र। मगर मन थोड़ा उदास हो रहा था। कल वापसी है। अब तक मन पूरी तरह से यहाँ के सौन्दर्य में डूब चुका था। वापस पृथ्वी लोक में जाने का मन नहीं था। भला कोई स्वर्ग को छोड़कर जाना चाहेगा! प्रकृति के सौन्दर्य से प्रेम हो और उसके साथ तारतम्य बैठ जाए तो जीवन का मजा ही कुछ और है। हिमालय में आकर तपस्या करनेवालों के लिए आम मत है कि यह कठिनाइयों से भरा हुआ कष्टप्रद जीवन होता है। मगर सच तो यह है कि अगर एक-दो असुविधाओं को स्वीकार कर लें तो यहाँ जैसा आनन्द समाज के किसी भी क्षेत्र -शहर-सभ्यताओं में नहीं मिल सकता। और वो असुविधा भी हमारी अपनी आदतों के कारण होती है। हाँ, इन आदतों और भौतिक सुख-सुविधाओं को छोड़ना इतना आसान नहीं। यह तपस्या करने से भी अधिक मुश्किल काम है। बुद्ध के विचारों को जीवन में उतारना सरल नहीं। तभी तो बौद्ध मठ हिमालय में आज भी जीवन्त हैं।

मैं अपनी स्वर्ग यात्रा की अनुभूति के एक नए आयाम को देखने के लिए आगे बढ़ रहा था। हिमालय का एक और दिव्य दर्शन। एक और नजारा। जिसकी चर्चा पिछले कुछ दिनों से बहुत अधिक हो रही है। पूर्व में पेंग्यॉग गुमनाम रहा। डल की तरह चर्चित नहीं।

आगे कारू तक मनाली रास्ते पर ही जाना था। कारू से आगे हम बाईं ओर मुड़े थे। ड्राइवर दोस्त ने उतरकर एक जगह कोई फार्म भरा था। पता चला कि गाड़ी, ड्राइवर और यात्री का विवरण जमा करना पड़ता है। आगे चीन की सीमा पड़ती है। वहाँ से आगे कुछ ही देर चलने पर बाईं तरफ चिमरे मोनेस्टरी दिखाई दी थी। यह मार्ग से थोड़ा दूर और अपनी ओर ध्यान आकर्षित कर रही थी। अति प्राचीन और अन्य गोम्पाओं की तरह विशिष्ट कलात्मक। यहाँ भी पहाड़ पर स्थित यह द्रुगपा सम्प्रदाय

से सम्बन्धित है। यह लामा तग्संग रस्चेन के द्वारा राजा सैंगे नामग्याल द्वारा बनवाया गया था। पहाड़ की चोटी पर स्थित इस मठ में अति सुन्दर पद्मसम्भव की मूर्ति है। यहाँ पर प्राचीन धार्मिक ग्रन्थों का संकलन सुरक्षित रखा गया है, जिसमें कई जगह चाँदी के पन्नों पर सोने के अक्षरों से लिखा गया है। तिब्बतिन कैलेंडर के नौवें महीने में अट्ठाइसवीं और उनतीसवीं तारीख को यहाँ धार्मिक उत्सव का आयोजन प्रतिवर्ष किया जाता है जिसमें लामा आध्यात्मिक नृत्य प्रस्तुत करते हैं। इस मठ को देखकर एक बार फिर लामा की बताई हुई बात की पुष्टि हो रही थी कि मठ (गोम्पा) दूर से किलेनुमा होते हैं।

आगे धीरे–धीरे सूखे पीले पहाड़ पर चढ़ाई शुरू हुई थी। ऊपर खुला साफ नीला आसमान। रास्ते सँकरे। मगर न जाने क्यों यहाँ प्रकृति मनोहारी नहीं लग रही थी। कुछ उदासीनता थी। नीरसता भी कह सकते हैं। यहाँ का पीला पहाड़ आकर्षित करने में असफल हो रहा था। इस कारण चढ़ाई डर भी पैदा कर रही थी। यह स्वाभाविक है। जब मन मोहित नहीं तो उस पर डर भारी पड़ेगा। यहाँ का अनुभव खरदुंगला होते हुए नुबरा जाने के रास्ते के अनुभव से ठीक उलट था। वो सुन्दर और जीवन्त है जबकि ये मृत और विकृत। किसी तरह जिंगराल पहुँचे तो ऊपर पहाड़ पर हल्की बर्फ दिखाई दी। इसे देखकर कुछ सुकून मिला था। आगे चांगला (पास) अभी थोड़ी दूर था। मगर पत्थरवाला धूलभरा रास्ता जारी था। सिर्फ दूर सफेद चोटी दिखाई दे रही

थी। चांगला पहुँचे तो एक बार फिर कोई मनमोहक दृश्य नजर नहीं आया था। कोई अहसास नहीं जागा था। जबकि हम 17688 फीट की ऊँचाई पर थे। यह विश्व का दूसरा सबसे ऊँचाई वाला मोटरमार्ग है। यहाँ भी बर्फ थी। मौसम में ठंडक और चारों ओर शान्ति जरूर थी। मगर यह चुभ रही थी। आगे बढ़े तो यहाँ से दृश्य कुछ बेहतर हुआ था। आगे दुरबक गाँव पड़ा था। सेना का प्रमुख कैम्प पास ही था। मगर यहाँ भी पूरी तरह सूखा, कोई बर्फ नहीं। तभी तंग्स्टे पड़ा था। यहाँ हल्का कुछ खाया-पीया जा सकता है। यहाँ उतरकर हमने एक छोटे से अस्थायी टैंट में बनाई जा रही चाय पी थी। आगे पेंग्यॉग झील मात्र 30 किलोमीटर थी और मैं अपने को रोक नहीं पाया था। झील देखने की उत्सुकता में वहाँ से जल्द निकल पड़ा था।

चलते-चलते अचानक सामने दूर एक दृश्य दिखाई दिया, जिसके बीच में चटक नीले रंग से भरा आकर्षक स्थान था। मानो किसी ने कैनवास पर गहरे आसमानी नीले रंग का ब्रश चला दिया हो। पूछने पर ड्राइवर दोस्त ने सिर हिलाते हुए कहा था— यही पेंग्यॉग है। हम धीरे-धीरे उस नीली झील के नजदीक पहुँच रहे थे। जब एकदम सामने पहुँचे तो गाड़ी से उतरकर कुछ देर के लिए मैं अवाक् खड़ा रह गया था। लगा कि कोई पेंटिंग देख रहा हूँ। जहाँ चारों ओर पीले-कत्थई-भूरे-मटमैले सूखे पहाड़, ठीक उसके नीचे शान्त झील, जिसके ऊपरी भाग में (दूर का किनारा) एकदम साफ नीला और धीरे-धीरे रंग बदलता हुआ बीच का सुनहरा और पास का तो चमकीला मगर पूरी तरह पारदर्शी था। पानी इतना साफ कि नीचे के पत्थर भी दिखाई दे रहे थे। और मैं बहुत देर तक उस चित्रकार के उस चित्र को देख रहा था जिसके नाम हमने कई रखे हैं मगर जिसे हम अब भी नहीं जान पाए। पहचान तो दूर की बात है। उसकी यह कृति अद्‌भुत है। बार-बार स्वयं को यकीन दिलाना पड़ रहा था कि यह स्वप्न नहीं हकीकत है, सामने का दृश्य कल्पना नहीं वास्तविकता है। आसपास पर्यटकों की संख्या न के बराबर थी। सफेद अनोखे पक्षी स्वतन्त्र उड़ रहे थे। उन्हें हमारी उपस्थिति पसन्द नहीं आ रही थी। मन में विचार आया, मैं नहीं चाहता कि मानव यहाँ पर्यटक के रूप में भी पहुँचे। इस अलौकिक स्थान का भी कुछ समय में वह नाश कर देगा।

मैं पास बने अस्थायी होटलों के सामने प्लास्टिक की कुर्सी पर बैठकर झील को निहार रहा था। तभी अचानक मेरी निगाह पास बने एक छोटे से गड्ढे में गई थी। इसमें प्लास्टिक की खाली बोतलें और खाने के डिब्बे बिखरे दिखे थे। पक्षी सदियों से यहाँ आते-जाते हैं मगर उनके कोई निशान नहीं मगर हम मानव अपनी गन्दगी हर जगह छोड़ जाते हैं। सच तो यह है कि हम पढ़े-लिखे गँवार हैं। मानसिक रूप से बीमार। प्रकृति की सबसे विकृत कृति—मानव। मैंने अपनी झुँझलाहट को शान्त करते हुए पुनः झील की ओर नजर डाली थी। और मैं मिनटों में ही पुनः उसमें गोता लगाने लगा था। डल झील के सौन्दर्य के चर्चे जहाँ आम हैं, वहीं पेंग्यॉग आज भी

बहुत हद तक गुमनाम है। शायद तभी इसका यौवन और अधिक निखर रहा है। यह क्षेत्र अछूता है।

कश्मीर के सौन्दर्य में जहाँ भव्यता है वहीं लद्दाख में दिव्यता। यहाँ आकर लग रहा है कि अपने प्रियतम से यह मेरी पहली मुलाकात है। काश! यह प्रथम मिलन अनन्त हो। निरन्तर हो। अन्तिम से पूर्व अनन्तता हो। अनन्तर।

कोई मूर्ख ही होगा जो स्वर्ग से लौटेगा। मगर मेरा ऐसा सौभाग्य कहाँ! और मैं एक सपने से वापस लौट रहा था...

हिमालय पृथ्वी का आभूषण है। इस आभूषण में कई नग हैं। कई रंग, कई रूप, कई आकृति के। कुछ निराकार भी। मैं वेद का ज्ञाता नहीं मगर यहाँ आकर कुछ-कुछ समझ पाया हूँ। अपने पूर्वजों के ज्ञान को नमन। सूर्य, धरती, चाँद, ग्रह, नक्षत्र, तारे, आकाश, जल, अग्नि, वायु...सब अद्‌भुत हैं। अपरिभाषित हैं। सगुण हैं। अतुलनीय हैं। पूज्य हैं। इष्ट हैं।

भारत मानव का आदि देश है।

हिन्दू धर्म नहीं, आदि-संस्कृति है। प्राकृतिक जीवन-दर्शन है। उस सभ्यता को नमन जो आदिकाल से प्रकृति की गोद में खेलते हुए बड़ी हुई और आज भी उसे पूजती है...।

प्रकृति मेरी माँ है, प्रकृति ही मेरे पिता।

तुम ही मेरा प्रारम्भ हो, तुम ही मेरा अन्त...तुम आदि हो...तुम अनन्त हो...तुम परिवर्तनशील हो...

...मैं तुमसे हूँ, तुम में हूँ, तुम-सा हूँ, तुम्हारा हूँ...तुम हूँ।

✪✪✪

मंदिर, खरदुंगला टॉप

जंस्कार घाटी

परी महल से डल झील का नजारा

हेमिस मठ में लामा के साथ बातचीत

एकांत में दो नदियों (सिंधु महान और जंस्कार) का मिलन

प्राचीन गोम्पा के भीतर के पूजा स्थल का दृ श्य

नूनकुन शि खर

मैत्रयी बुद्ध की मूर्ति, थिक्से मठ

लेखक खरदुंगला टॉप के पास